Frau Schnabel
Klaro & Nordis

Ina Brandt

Zaubereulen in Federland

Das Geheimnis von Athenaria

Weitere Bücher von Ina Brandt im Arena Verlag:
Eulenzauber. Ein goldenes Geheimnis (Band 1)
Eulenzauber. Rettung für Silberpfote (Band 2)
Eulenzauber. Eine wunderbare Freundschaft (Band 3)
Eulenzauber. Magie im Glitzerwald (Band 4)
Eulenzauber. Rätsel um die Goldfeder (Band 5)
Eulenzauber. Hilfe für das kleine Fohlen (Band 6)
Eulenzauber. Geheimnisvoller Edelstein (Band 7)
Eulenzauber. Ein neuer Freund für Goldwing (Band 8)
Eulenzauber. Der große Herzenswunsch (Band 9)
Eulenzauber. Der Kreis der Goldflügel (Band 10)
Eulenzauber. Der Ruf des Waldkauz (Band 11)
Eulenzauber. Die magische Botschaft (Band 12)
Eulenzauber. Das Geheimnis des weißen Pferdes (Band 13)

Ina Brandt
arbeitete nach dem Germanistikstudium einige Jahre als Lektorin, bevor sie sich als Autorin selbstständig machte. Seitdem hat sie zahlreiche Kinderbücher veröffentlicht. Mit »Eulenzauber« erfüllt sie sich einen lang gehegten Traum, der sie nun in ein neues Zauberreich getragen hat – Federland!

Irene Mohr
wurde in Hamburg geboren und hat dort an der Fachhochschule für Gestaltung Grafikdesign studiert. Seitdem arbeitet sie als Illustratorin und Grafikerin für verschiedene Kinderbuchverlage. Wenn sie keine Bücher illustriert, ist sie am liebsten mit Pinsel und Staffelei in der Natur.

Ina Brandt

Zaubereulen in Federland

Das Geheimnis von Athenaria

Mit Illustrationen von
Irene Mohr

Arena

Für alle, die nicht aufhören zu träumen

Ein Verlag in der westermann GRUPPE

MIX
Papier aus verantwortungsvollen Quellen
FSC® C110508
FSC www.fsc.org

1. Auflage 2020

Rottendorfer Straße 16, 97074 Würzburg

Text: Ina Brandt
Cover und Innenillustration: Irene Mohr
Banner-Illustrationen: Clara Vath
Lektorat: Anna Wörner
Umschlaggestaltung: Max Meinzold

Gesamtherstellung: Westermann Druck Zwickau GmbH
Printed in Germany

ISBN 978-3-401-60535-7

Besuche den Arena Verlag im Netz:
www.arena-verlag.de

Kommt mit, Eulenfreunde, zu einem Ort voller Magie!

Vor vielen, vielen Jahren gab es eine Eule mit goldenen Flügeln, die hell in der Nacht erstrahlten. Sie war die erste ihrer Art, die Ureule – die Mutter aller Zaubereulen!

Dieser ganz besonderen Eulen, die sich mithilfe eines Menschenfreunds verwandeln können. Wenn die zwei sich finden, werden magische Kräfte geweckt, mit denen sie denjenigen helfen, die in Not sind. So wie es ihre Bestimmung ist. Doch nur wenige, die sich durch mutige Taten ausgezeichnet haben, werden von den vier Herrschereulen für größere Aufgaben auserwählt.

Niemand außer diesen Kindern und ihren Zaubereulen darf jenen geheimen Ort betreten, in dem eine mächtige Magie schlummert: Federland.

Sie haben den Auftrag, mit ihren besonderen Kräften das Gute zu schützen und Wunder wahr werden zu lassen. Wunder, die wie Sterne die Welt zum Leuchten bringen.

Seid ihr bereit?
Dann auf nach Federland!

1

Eine geheimnisvolle Nachricht

Flora zwang sich, leise bis sechzig zu zählen. Endlich war es still geworden, aber sie wollte ganz sichergehen, dass auch alle schliefen. Ihre Eltern durften auf keinen Fall mitbekommen, dass sie sich um diese Uhrzeit noch nach draußen schlich!

Auf Zehenspitzen verließ sie die Wohnung, tastete sich vorsichtig über die knarzende Holztreppe nach unten zur Haustür und atmete auf, als sie endlich in der immer noch lauwarmen Nachtluft stand. Sie ging nach hinten in den Garten und ihr Blick wanderte sofort suchend zu den drei Tannen, die am Ende der großen Wiese standen.

Da! Zwischen den dunklen Zweigen entdeckte Flora ein Augenpaar, das ihr wie zwei orangefarbene Edelsteine entgegenleuchtete. Schnell suchte sie in ihrer Hosentasche nach dem Ring, den sie immer bei sich trug und wie einen Schatz hütete. Ihren *Zauberring.* Doch kaum hielt Flora ihn in der Hand, löste sich die Gestalt aus den Ästen. Mit einem verheißungsvollen »Huh« kam sie auf Flora zugeflogen und kreiste dann mit lautlosen Flügelschlägen um ihren Kopf.

»Hallo, Goldwing«, flüsterte Flora und spürte diese ganz besondere Mischung aus Freude und Aufregung. Beim Anblick ihrer Zaubereule! Wie wunderschön ihr braun-grau gesprenkeltes Gefieder im Licht der Sterne schimmerte! Und gleich würde es sich golden färben, wenn Flora der kleinen Waldohreule ihre Zaubergestalt verlieh. Sie wollte ihr dafür gerade den Ring entgegenstrecken, aber da deutete Goldwing mit dem Flügel Richtung Wald.

Flora war verwirrt. Was hatte sie denn? Wollte sie ihr etwas zeigen? Überhaupt wirkte Goldwing ungewöhnlich unruhig. Hektisch flatterte sie vor und zurück, ohne Flora aus den Augen zu lassen. Bis sie schließlich davonschoss, über die wild wuchernden Haselnussbüsche am Ende des Gartens in Richtung der Obstwiesen. Flora beeilte sich hinterherzukommen und kletterte schnell über den halb verfallenen Zaun, der das Grundstück der Faltins umgab. Sie folgte Goldwing in den Wald, den sie bei Dunkelheit zwar immer etwas gruselig fand, doch mit ihrer Zaubereule an der Seite fühlte sich Flora sicher. Gemeinsam erreichten sie die Lichtung, auf der die verfallenen Mauern der alten Burg im Mondlicht glänzten. Eine magische Stille lag über diesem Ort und Flora spürte, wie ihre Haut zu kribbeln begann. Einen kurzen Moment genoss sie die geheimnisvolle Szenerie, bis sie Goldwings Blick auf sich spürte. Die kleine Waldohreule hatte weiter hinten auf der Bank unter der alten Eiche Platz genommen und sah Flora erwartungsvoll an.

»Darf ich dich jetzt verwandeln?«, fragte Flora und lächelte, als Goldwing ihr eifrig den Kopf entgegenreckte. Schnell ging sie zu ihr und hielt ihr den Zauberring hin. Goldwing ergriff ihn mit dem Schnabel, während Flora die magischen Worte flüsterte:

Zaubereule, komm herbei!

Kaum war ihre Stimme verklungen, erschien der erste Schimmer auf Goldwings Flügeln. Der zarte Hauch von Gold wurde kräftiger, bis die Federn der kleinen

Eule richtig strahlten. Floras Herz klopfte wie wild. Seit sie Goldwing zum ersten Mal verwandelt hatte, war bereits viel Zeit vergangen. Zusammen hatten sie aufregende Abenteuer erlebt und Goldwing war zu Floras bester Freundin geworden. Denn Goldwing war *ihre* Zaubereule, genau so, wie Flora Goldwings Eulenfreundin war. Sie beide gehörten zueinander und gemeinsamen hatten sie schon vielen Menschen und Tieren geholfen. Dafür waren Zaubereulen und ihre Freunde schließlich da!

Trotzdem glaubte Flora manchmal immer noch, sie träumte, wenn sie auf die strahlenden Federn ihrer Eule blickte. Dass ausgerechnet sie eine Eulenfreundin war, kam ihr wie das reinste Wunder vor. Bis heute!

Da riss sie auf einmal ein lautes Knacken aus ihren Gedanken. Sofort knackte es wieder. Das waren Schritte! Da kam jemand!

»Schnell, versteck dich!«, zischte sie Goldwing zu. Ihre Eule hatte doch viel bessere Ohren als sie. Warum saß sie denn seelenruhig hier rum und brachte sich nicht in Sicherheit? Es durfte doch niemand vom Geheimnis der Zaubereulen wissen!

»Keine Sorge, das ist nur Jona«, beruhigte Goldwing sie und in diesem Moment flatterte bereits Securo aus dem Wald. Flora atmete erleichtert auf. Jona und Se-

curo waren ihre Freunde. Securo war wie Goldwing eine Waldohreule, nur ein bisschen kleiner und mit dunklerem Gefieder. Aber was noch wichtiger war: Er war auch eine *Zaubereule!* Mit seinen glänzenden Flügeln zog er einen glitzernden Lichtstreif durch die Nacht, bevor er neben Goldwing auf der Bank landete.

Und da trat schon Jona zwischen den Bäumen hervor. Flora spürte, wie ihr Herz hüpfte. Sie freute sich, ihren Zaubereulenfreund zu sehen. So ging es auch Jona, denn über sein Gesicht huschte ein verstohlenes Lächeln.

»Hi, ihr beiden«, sagte er und fuhr sich etwas verlegen durch die großen blonden Locken.

»Hallo«, schloss sich Securo an und auch Flora und Goldwing begrüßten die zwei.

»Hast *du* gewusst, dass wir uns treffen?«, fragte Flora Jona. Doch der schüttelte den Kopf.

»Securo hat mich einfach hergelotst. Wolltet ihr uns überraschen?«, wandte er sich an die beiden Eulen.

Goldwing und Securo warfen sich schnell einen Blick zu, wer zuerst sprechen sollte.

»Überraschen eigentlich nicht«, fing Securo an. »Aber es gibt da … komische Veränderungen.« Mit einem Mal klang er ziemlich besorgt.

»Veränderungen?«, fragten Flora und Jona wie aus

einem Mund. Flora beschlich ein mulmiges Gefühl. »Was meinst du damit?«

»Es war heute plötzlich so ungewöhnlich still im Wald«, übernahm Goldwing das Wort. »Als wären sämtliche Tiere verschwunden. Kein Hase, kein Reh hat sich mehr gezeigt. Selbst Vögel waren kaum zu sehen.«

»Ich habe ein paar Waldkäuze gefragt«, fuhr Securo fort. »Sie meinten, dass sie sich müde und schlapp fühlen. Jeder Flügelschlag sei wahnsinnig anstrengend.«

Goldwing nickte. »Ich habe dasselbe gehört. Deswegen bin ich zu Securo geflogen, um zu erfahren, ob es bei ihm auch so ist.«

»Und dann haben wir beschlossen, dass wir uns heute Nacht treffen müssen, um uns mit euch zu beratschlagen«, erklärte Securo. »Denn irgendwie ist das alles komisch.«

»Ja, das klingt wirklich komisch«, pflichtete Jona ihm bei.

»Vor allem, weil es nicht nur die Tiere im Wald betrifft«, murmelte Flora vor sich hin. Der Bericht der Eulen hatte ihr etwas in Erinnerung gerufen. »Mein Papa hatte heute einen sehr anstrengenden Tag in seiner Praxis«, erklärte sie. »Und er hat sich auch gewundert und gesagt, dass wohl die große Frühjahrsmüdigkeit ausgebrochen ist.«

»Was?«, fragte Goldwing ungläubig. »Wir haben Sommer!«

»Ja klar«, erwiderte Flora. »Er meinte damit nur, dass heute sehr viele schlappe Tiere bei ihm in der Praxis waren. Sie waren aber nicht krank, nur ungewöhnlich müde. So wie das bei manchen Leuten im Frühjahr eben ist.«

»Also betrifft es *alle* Tiere, nicht nur die im Wald«, stellte Securo mit ernster Miene fest. Die vier schwiegen und blickten nachdenklich über die Lichtung.

»Vielleicht solltet ihr ein bisschen herumfliegen«, schlug Jona den beiden Eulen vor. »In eurer Zaubergestalt könnt ihr ja mit allen Tieren reden. Fragt Hasen, Rehe, Füchse, einfach alle, die ihr trefft, ob sie sich das irgendwie erklären können. Haben sie etwas Bestimmtes gefressen? Oder sind sie gestochen worden? Vielleicht gibt es ja ein fieses Insekt, das alle krank macht?«

»Das ist eine gute Idee«, stimmte Flora sofort zu. »Je mehr ihr fragen könnt, desto besser. Wir warten hier auf euch.«

Die beiden Eulen warfen sich einen entschlossenen Blick zu, dann flatterten sie los. Flora schaute zu, wie ihre Flügel glitzernde Wellen auf den Nachthimmel zauberten. Plötzlich stutzte sie. Da tanzte noch etwas Goldenes in der Luft. Es kam aus dem Wald. Ein Glühwürmchen? Zuerst war es ganz klein, doch es wurde immer größer, kam näher und ...

»Die Goldammer!«, stieß Flora hervor.

Jona wirbelte herum und folgte Floras Finger, der auf den kleinen gelben Vogel wies.

Mit zitternden Flügelschlägen verharrte er in der Luft. Dann stieß er ein trällerndes *Tssstsssri* aus, das auch die beiden Eulen herumfahren ließ. Wie elektrisiert starrten sie den Vogel an, stockten kurz und kamen dann sofort zurückgeflogen.

»Seid gegrüßt!«, ertönte die zwitschernde Stimme der Goldammer, die ein bisschen außer Atem klang. Leichtfüßig landete sie auf der Bank, während Goldwing und Securo auf der Lehne Platz nahmen. Wie klein der Vogel mit dem zitronengelben Gefieder im Vergleich zu den beiden Eulen aussah!

Flora schüttelte ungläubig den Kopf. Die Goldammer war die Letzte, mit der sie heute Nacht gerechnet hatte. Schließlich war sie nicht *irgendein* Vogel, sondern eine Gesandte von *Athenaria,* dem geheimen Reich der Zaubereulen. Deshalb konnte sie auch mit ihnen sprechen.

Die vier brachten nur ein leises »Hallo« heraus, während in Floras Kopf die Gedanken herumwirbelten. Was wollte die Goldammer hier? Ging es womöglich um … *Federland?*

Das war dieser Ort voller Magie, den die Herrscherinnen von Athenaria mit ihrer Zauberkraft erschaffen wollten. Und zwar hier, bei den Menschen!

Dabei sollten Flora und Jona mit ihren Eulen Teil eines Teams aus Zaubereulen und Eulenfreunden werden. Das hatte die Goldammer ihnen vor einiger Zeit verkündet und seitdem hatte sich Flora so oft versucht vorzustellen, wie es in Federland wohl aussehen würde. Gab es dort magische Pflanzen und Geheimverstecke mit Zauberkraft? Vielleicht sogar sprechende Bäume oder unbekannte Tierarten? Flora brannte darauf, Federland endlich kennenzulernen!

Damals hatte die Goldammer nicht gewusst, wann

es so weit sein würde. Und jetzt, da sie vor ihnen saß, wirkte sie alles andere als glücklich.

Traurig verkündete sie: »Die Zeit für Federland ist gekommen, doch leider habe ich keine guten Neuigkeiten für euch.« Sie senkte den Blick, bevor sie mit leiser Stimme fortfuhr: »Die Herrschereulen von Athenaria haben ihre Zauberkräfte gebündelt, um Federland zu erschaffen ... doch es hat nicht ausgereicht. Sie mussten ihr Werk halb fertig verlassen und nach Athenaria zurückkehren. Dort werden sie gerade dringend gebraucht.«

»Und was passiert jetzt?«, fragte Flora erschrocken.

»Wird es Federland nun gar nicht geben?«, wollte auch Jona wissen.

»Doch, das *muss* es«, erklärte die Goldammer mit fester Stimme. »Denn es gibt in Athenaria Stellen, an denen die Magie nachlässt und das Reich neu geschützt werden muss. Genau deswegen ist Federland so wichtig. Mit seiner Magie könnt ihr dafür sorgen, dass Athenaria ein sicherer Ort für alle Zaubereulen bleibt. Doch dafür müsst *ihr* das Werk der Herrscherinnen vollenden, *tssstsssri!*«

Für einen Moment hing der trällernde Ruf wie ein tanzender Drachen in der Luft und Flora wurde bei dieser Ankündigung vor Aufregung ganz heiß.

»Was können wir tun?«, wollte Goldwing wissen.

»Und wie kommen wir überhaupt nach Federland?«, schloss Securo sich an.

»Das kann ich euch nicht sagen«, gestand die Goldammer. »Wie ihr weiß ich nur, dass dieser geheime Ort irgendwo zwischen den alten Klostersteinen verborgen ist.«

»Aber ... das Kloster ist riesig«, flüsterte Flora. Sie erinnerte sich noch gut an den ersten Besuch mit ihrem Vater. Gemeinsam hatten sie sich die Vorführung mit den tollen Eulen angeschaut, für die das Kloster berühmt war. Und sie hatten Frau Schnabel kennengelernt, die Falknerin, die sich um die wunderschönen Tiere kümmerte. Schon damals hatten die vielen Gänge, Innenhöfe und Gebäude Flora verwirrt. Wie sollten sie dort bloß den Zugang nach Federland finden?

»Die Herrschereulen glauben an euch«, sagte die Goldammer. »›Sie müssen unser Werk vollenden, denn sonst war alles vergebens‹, hat Dareia, die Herrscherin des Nordens, gesagt. ›Wer soll dann die großen Aufgaben erfüllen, für die es mehr braucht als nur *eine* Zaubereule und *einen* Freund? Sie *müssen* es schaffen! Und zwar beim nächsten Vollmond!‹«

»Beim nächsten Vollmond?« Jona sah Flora erschrocken an. »Aber ... das ist in drei Tagen!«

Flora nickte benommen. Sie war richtig durcheinander und konnte das alles kaum glauben. So lange hatten sie dem Moment entgegengefiebert, an dem sie Federland kennenlernen würden. Und jetzt mussten sie diesen magischen Ort ganz alleine finden! Und auch noch das Werk der Herrschereulen vollenden. In so kurzer Zeit!

Die Goldammer ließ ihren Blick über die vier Freunde schweifen. Dann schwang sie sich auf und verharrte noch für einen Moment in der Luft.

»Alle Hoffnung ruht nun auf euch«, sagte sie. Mit einem letzten *Tssstsssri* drehte der kleine Vogel ab und verschwand wie ein verglühender Stern in der Nacht.

Flora hatte das Gefühl, als ob sich ein Stein auf ihre Brust senkte. Sie holte tief Luft, legte den Kopf zurück und ließ ihre Augen über den glitzernden Nachthimmel wandern. Der Mond hing wie ein angeknabberter Lampion zwischen den Sternen und tauchte die Bäume in ein silbernes Licht. Schon bald würde er eine runde Scheibe sein. Dann war der große Moment gekommen!

2

Auf der Suche

Eine Weile herrschte Stille. Auch aus dem Wald drang kein Laut, als würde die gesamte Welt den Atem anhalten.

Alle Hoffnung ruht nun auf euch, hallte es in Floras Ohren wider.

Sie wusste zwar, dass ihre Aufgaben ab sofort größer wurden, aber gleich ein neues Zauberreich zu vollenden ... Trauten ihnen die Herrscherinnen da nicht zu viel zu?

»Ich würde am liebsten jetzt gleich zum Kloster fliegen«, platzte Goldwing heraus. »Das klang alles so dringend. Und wir haben ja nicht die leiseste Ahnung, wie wir Federland finden.«

Securo nickte. »Genau! Und ob wir da so einfach reinkommen. Oder was wir zu tun haben. Hoffentlich sind wir dafür überhaupt stark genug.«

»Nordis und Klaro helfen ja auch noch mit«, erinnerte ihn Jona. »Das ist dann schon vierfache Zauberpower.«

Ein Lächeln huschte über Floras Gesicht. *Zauberpower,* das klang gut. Ja, mit Nordis, der Schneeeule, und Klaro, dem Brillenkauz, reichten ihre Kräfte hoffentlich aus. Immerhin waren die beiden ebenfalls Zaubereulen und von den Herrscherinnen aus Athenaria direkt hierher ins Kloster geschickt worden.

Dort lebten sie wie ganz normale Eulen zwischen den anderen, sodass niemand ihre magischen Kräfte ahnte. Ganz sicher konnten die zwei ihnen helfen! Immerhin gehörten sie ab jetzt alle zusammen zu einem Team.

»Also, worauf warten wir noch?«, drängelte Goldwing. »Securo und ich begleiten euch durch den Wald und dann sagen wir Frau Schnabel Bescheid, damit sie euch hereinlässt. Einverstanden?«

»Das klingt nach einem Plan«, meinte Flora und auch Jona hielt den Daumen hoch.

»Nichts wie los!«

So schnell sie konnten, folgten Jona und Flora den beiden Eulen durch den Wald. Bereits ein paar Minuten später erreichten sie den Rand der Wiesen, durch die sich die schmale Straße Richtung Kloster schlängelte.

Wie ein Überbleibsel aus längst vergangenen Zeiten thronte es mit seinen hoch aufragenden Mauern und den kleinen Türmchen in der Landschaft. Schon beim ersten Besuch mit ihrem Vater hatte Flora eine seltsame Unruhe gespürt. Auch damals hatte sie das Gefühl gehabt, dass dieser Ort ihr etwas sagen wollte. Als ob die alten Steine ein Geheimnis umschlossen, das es zu entdecken galt. Dieses Gefühl hatte sie nicht getrogen. Irgendwo hier lag Federland verborgen. Aber wo genau? Wie sollten sie es finden? Und was hatten sie dann zu tun? Was würde passieren, wenn sie einen Fehler machten? Lauter solche Fragen schossen Flora durch den Kopf, und je näher sie dem Kloster kamen, desto schwerer fiel es ihr, ihr klopfendes Herz zu beruhigen.

Goldwing und Securo waren bereits am Waldrand losgeflogen, um Frau Schnabel zu informieren. Und tatsächlich öffnete sich jetzt das schwere hölzerne Eingangstor mit quietschenden Angeln.

Eine zierliche Frau mit braunen Augen trat heraus, deren halblange blonde Haare von einem breiten Band zurückgehalten wurden. Über der Jeans trug sie eine moosgrüne Jacke, die eine Eulenbrosche schmückte. Ja, Frau Schnabel war wirklich ein Eulenfan! Bei ihrem ersten Besuch hatte Flora natürlich noch nicht

gewusst, dass die Falknerin nicht nur für die Eulen, sondern auch für die zwei *Zaubereulen* Nordis und Klaro zuständig war, damit sie unerkannt hier im Kloster leben konnten. Sie war zwar nicht ihre Eulenfreundin, jedoch früher einmal eine gewesen und konnte die beiden auch verwandeln.

»Hallo, ihr zwei!«, begrüßte die Falknerin die nächtlichen Besucher. »Die Herrscherinnen haben euch und eure Eulen schon angekündigt, aber so schnell hatte ich nicht mit euch gerechnet.« Sie trat einen Schritt vor und schaute sich um. »Seltsam. Ich dachte, es käme noch jemand …«, murmelte sie, doch als sie niemanden sah, schüttelte sie bloß den Kopf. »Dann hab ich das vielleicht falsch verstanden …«

Flora wollte gerade nachfragen, was Frau Schnabel damit meinte, aber da zog sie die Kinder schon nach drinnen. »Kommt rein, ihr werdet erwartet.«

Als sie durch die schwere Holztür traten, huschte ein Lächeln über Floras Gesicht. Dort saßen Goldwing und Securo auf dem Holzgeländer des Eingangsbereichs, aber auch noch zwei weitere Eulen. Die vier saßen so eng beieinander wie Hühner auf der Stange. Das war ein Anblick!

Flora staunte, wie groß Nordis neben den anderen Eulen war. Irgendwie wirkte die Schneeeule fast ma-

jestätisch. Oder lag das an ihrem weißen Federkleid mit den dunklen Streifen, das Flora an den Umhang von Königen in Märchenfilmen erinnerte?

Die Eule neben Nordis war deutlich kleiner, aber immer noch größer als die beiden Waldohreulen. Mit der hellen Federzeichnung um die Augen sah es tatsächlich aus, als ob Klaro eine Brille trug.

Die vier schauten Flora und Jona gespannt an und Flora wusste nicht so recht, was sie sagen sollte. Aber da plapperte Klaro schon los: »Super, dass wir jetzt anfangen können!« Wie Nordis konnte Klaro reden, auch ohne in seine Zaubergestalt verwandelt zu sein.

Goldwing und Securo hatten die beiden bereits in alles eingeweiht.

»Wissen Sie eigentlich, was genau passiert ist?«, wollte Flora von Frau Schnabel wissen. »Die Goldammer hat uns nur gesagt, dass die Herrscherinnen Federland halb fertig zurücklassen mussten.«

Frau Schnabel nickte. »Ja, so ist es. Ich bin wirklich froh, dass ihr jetzt da seid. Diese Veränderungen hier in den letzten Tagen ... Immer wieder hat es aus irgendwelchen Ecken geknarzt und gequietscht, manchmal klang das fast wie ein Seufzen. Einmal hat sogar die Mauer am Eingang richtig gewackelt. Dann kamen plötzlich die Herrscherinnen zu mir.« Ein Lächeln huschte über Frau Schnabels Gesicht. »Ich habe sie noch nie mit eigenen Augen gesehen. Zuerst habe ich mich gefreut, doch dann haben sie mir gesagt, dass sie es nicht geschafft haben. Und dass *ihr* Federland vollenden sollt, weil sie dringend nach Athenaria müssen.« Frau Schnabel seufzte. »Diese Veränderungen machen meinen Eulen sehr zu schaffen. Zuerst waren sie total nervös und seit heute sind sie nur noch schlapp.«

»Wir wollten mit ihnen reden«, erklärte Nordis mit ihrer tiefen, samtigen Stimme. »Aber sie haben uns gar nicht richtig zugehört. Die meisten haben geschlafen oder einfach nur vor sich hin gedöst.«

»So wie die Tiere im Wald«, murmelte Flora. Offenbar hatte die Magie, die von Federland ausging, einen noch größeren Einfluss, als sie gedacht hatten.

»Ich fühle mich selbst auch irgendwie komisch«, gestand Frau Schnabel. »Ihr müsst wissen, dass meine Eulen wie ein Teil von mir sind. Sie sind sozusagen meine Familie. Und jetzt geht es ihnen nicht gut – das finde ich furchtbar. Aber was soll ich tun? Nordis und Klaro können ihnen ja nicht sagen: ›Macht euch keine Sorgen, die Herrschereulen errichten hier gerade einen magischen Ort, deswegen fühlt ihr euch wahrscheinlich so müde.‹ Das muss ja streng geheim bleiben.« Sie seufzte und knöpfte ihre Jeansjacke auf, als ob ihr plötzlich heiß geworden wäre. »Ich hoffe, das Ganze hat keine ernsten Auswirkungen. Auf jeden Fall kann ich so mit ihnen keine Veranstaltungen machen. Schlappe Eulen mit hängenden Köpfen sind ein Trauerspiel für jeden Besucher. Aber es ist natürlich nicht schön, die Leute wegzuschicken. Und die Einnahmen brauche ich schließlich auch.« Die Falknerin holte tief Luft und schüttelte den Kopf, als ob sie das alles nicht glauben konnte. »Entschuldigt bitte. Das sind natürlich nicht eure Probleme, nur ... ich hoffe, dass ihr meinen Eulen helfen könnt.«

»Wir werden unser Bestes geben«, versprach Flora.

Jona nickte. »Wenn wir Federland gefunden und vollendet haben, geht es ihnen bestimmt wieder gut.«

»Dann sollten wir dringend anfangen«, erklärte Securo.

»Aber wo und wie?«, wollte Goldwing wissen.

Die Eulen warfen sich ratlose Blicke zu.

»Wir müssen auf jeden Fall mit Köpfchen rangehen«, verkündete Klaro und reckte entschlossen die Brust vor.

Flora unterdrückte ein Schmunzeln. Der Brillenkauz hielt sich wohl für ziemlich schlau.

»Auf jeden Fall«, versicherte Goldwing und Flora hörte an ihrer Stimme, dass auch sie sich amüsierte.

Dennoch schien keiner zu wissen, wie sie nun vorgehen sollten.

»Ich war noch nie hier«, meinte Jona schließlich und ließ seinen Blick über die hohen Mauern gleiten.

»Was haltet ihr davon, wenn ich euch kurz herumführe?«, schlug Frau Schnabel vor. »Das bringt euch vielleicht auf eine Idee, denn *ich* kann euch leider nicht helfen. Das ist eure Aufgabe.« Nach einem kurzen Blick in die Runde ging sie voran Richtung Kräutergarten. Sie steuerte auf den Säulengang mit den spitzbogigen Öffnungen zu, die den Innenhof einsäumten. Von den großen, glänzenden Steinplatten gelangte man über dicke Holztüren in die einzelnen Räume. Den ersten kannte Flora schon von dem Besuch mit ihrem Vater.

»Das ist das ehemalige Refektorium, der Speisesaal des Klosters«, erklärte Frau Schnabel, als sie den lang gestreckten Raum mit der holzvertäfelten Decke betrat.

Floras Blick blieb an den Blattranken, Vögeln und Libellen hängen, die schon vor vielen Hundert Jahren auf die weiß getünchten Wände gemalt worden waren. Die Farben waren ziemlich verblasst, an einigen Stellen auch abgeplatzt. Trotzdem konnte man erahnen, wie wunderschön das alles einmal ausgesehen hatte.

Im nächsten Raum fiel Flora gleich ein riesiger Schrank aus dunklem Holz ins Auge. Vor allem die vielen kleinen Schubladen, auf denen in goldener Farbe Worte in einer fremden Sprache standen.

»Das ist ein Apothekerschrank«, sagte Frau Schnabel, die Floras Blick bemerkt hatte. »Hier war früher die Krankenstation.«

»Und da war Medizin drin?« Flora deutete auf die vielen Schubladen.

»Medizin wie heute gab es damals nicht, nur Kräuter«, erklärte Frau Schnabel. »Die lateinischen Namen kann man zum Teil noch entziffern.«

Flora staunte. So viele Heilpflanzen! Auch wenn diese Kräuterbehandlungen schon lange her waren, hing immer noch ein seltsamer Duft in der Luft. Süßlich, aber auch rauchig, so wie es manchmal in Kirchen roch.

»Was hat denn dieser Eulenkopf zu bedeuten?«, fragte Jona, den die Kräuter offenbar nicht sonderlich interessierten. Er beugte sich zu einer der größeren Schubladen hinunter, die sich im unteren Teil des Schranks befanden. Behutsam fuhr er mit dem Finger über die Einkerbungen, die eindeutig den Kopf einer Eule zeigten. Zum Teil waren sogar noch Reste von Gold darauf zu erkennen.

»Das weiß ich leider auch nicht«, gestand Frau Schnabel. »Aber hier im Kloster begegnen einem häufig solche Köpfe.«

»Dareia hat gesagt, dass das Kloster schon immer ein Ort für Eulen gewesen ist. Vielleicht wollte man das damit zeigen?«, überlegte Flora.

Frau Schnabel nickte. »Kann sein. Ihr könntet Dareia ja einmal fragen, wenn ihr sie trefft«, meinte sie. Dann winkte sie alle nach draußen und schloss die Krankenstation mit einem der vielen langen Schlüssel an ihrem Schlüsselbund wieder ab. Mit schnellen Schritten ging sie den Gang entlang, während die Eulen wie ein Schwarm Fliegen um sie herumflatterten.

Frau Schnabel, die Eulenflüsterin, schoss es Flora bei diesem Anblick durch den Kopf. Ja, die Falknerin hatte wirklich eine ganz besondere Beziehung zu ihren Eulen.

Da fiel Flora noch ein weiterer Eulenkopf ins Auge. Er war in eine der Säulen geritzt, die die Öffnungen zum Klostergarten stützten. Die zwei Federn darunter schimmerten ebenfalls in einem letzten Hauch von Gold. Das erinnerte Flora an die zwei gekreuzten Federn in dem Türmchen am Eingang, die sie bei ihrem ersten Besuch im Kloster zufällig entdeckt hatte. Die hatten genauso ausgesehen.

Frau Schnabel hatte recht. In diesem Kloster schien wirklich jeder zweite Stein etwas mit Eulen zu tun zu haben. Flora hatte das Gefühl, dass die Magie hier sich wie ein feiner Nebel auf sie legte und ihr Herz schneller und schneller schlagen ließ. Überall Federn, Eulenköpfe ... das alles zog sie immer drängender nach Federland.

»Flora, komm schon!«, rief da Jona, der weiter vorne auf sie wartete. Flora lief zu ihm und warf im Vorbeigehen noch kurz einen Blick in die Küche. Die verbeulten Pfannen, glänzenden Kupfertöpfe und Schöpfkellen, die an der Wand hingen, sahen ziemlich alt aus. Nur der Herd und die Spülmaschine waren neu. Mit dem großen Tisch und den karierten Kissen auf der Eckbank wirkte der Raum ganz gemütlich, fand Flora. Saß Frau Schnabel hier manchmal abends mit einer ihrer Eulen, wenn alle Besucher weg waren?

»Kommt, ich zeige euch noch schnell die Bibliothek«, sagte da die Falknerin, die am Ende des Ganges auf sie wartete.

Die kleine Gruppe folgte ihr zu einem Raum, dessen hohe Wände bis unter die Decke mit Regalen vollgestellt waren. Alle konnten nur staunen über diese unglaubliche Menge an Büchern. Flora kam sich fast klein daneben vor. Wie viele waren es wohl? Sie trat näher und studierte die Titel. Etliche waren in einer Sprache, die Flora nicht kannte und deren Buchstaben zum Teil schon verblasst waren. Auf einem Stehpult lag ein besonders dickes Buch mit braunen Flecken auf dem Einband.

»Das ist eine der Bibeln, die hier abgeschrieben wurden«, erklärte Frau Schnabel und strich vorsichtig über das verblichene Leder.

»Ach, wenn ich nur lesen könnte!«, seufzte Klaro.

»Ich könnte ja versuchen, es dir beizubringen«, bot Flora an.

Jona warf ihr einen verdutzten Blick zu. »Dareia hat was von *großen Aufgaben* gesagt«, erinnerte er sie. »Das heißt sicher nicht, dass wir Schule spielen.«

»Ich glaube auch, wir haben Wichtigeres vor«, pflichtete Nordis ihm bei. »Am besten, wir verteilen uns und schauen uns noch mal ganz genau um.«

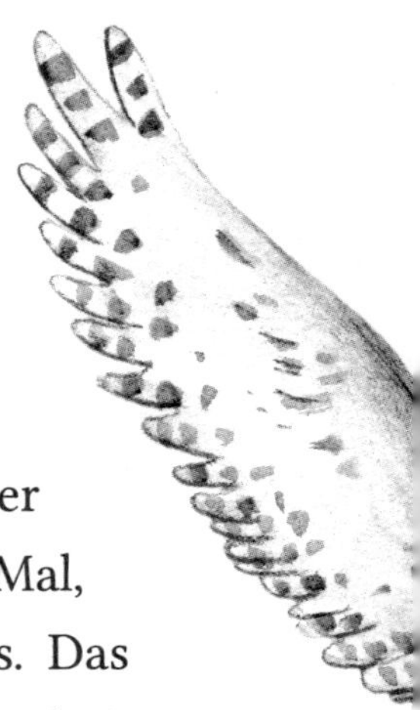

Frau Schnabel verabschiedete sich, sie wollte unbedingt wieder nach ihren Eulen sehen. Die anderen schwärmten aus und durchsuchten das Kloster.

Während die Zaubereulen überall herumflatterten, hielten Flora und Jona Ausschau nach weiteren Eulenköpfen. Immer wieder entdeckten sie welche, doch jedes Mal, wenn sie dagegendrückten, tat sich nichts. Das waren leider keine Knöpfe, die irgendeine geheime Tür nach Federland öffneten.

Irgendwann wich Floras Aufregung bleierner Müdigkeit. Ihre Beine fühlten sich an wie Zementklötze und sie hatte Mühe, die Augen offen zu halten.

Selbst Jona wurde immer langsamer und ließ sich schließlich auf eine Bank beim Kräutergarten sinken.

Als Flora neben ihn rutschte, kamen auch die Eulen angeflogen. Fragend schauten sie die beiden an.

»Ich könnte auf der Stelle einschlafen«, murmelte Jona und gähnte mit weit aufgerissenem Mund.

»So matt hängen dahinten auch die Eulen in ihren Käfigen«, erklärte Securo.

»Geht uns anscheinend wie ihnen«, murmelte Flora nachdenklich. »Meint ihr, wir sind wegen Federland so müde? Weil die Magie irgendwie noch nicht vollendet ist?«

»Vielleicht strömt ja was aus den Mauern, das wir nicht sehen oder riechen und trotzdem eine Wirkung hat?«, überlegte Jona.

»Also ich merke nichts«, stellte Nordis nüchtern fest und blickte zu den anderen. »Oder wie geht's euch?«

Die drei schüttelten die Köpfe. »Wahrscheinlich sind Zaubereulen dagegen immun«, meinte Klaro.

Goldwing flog neben Flora auf die Bank und legte ihr sanft den Flügel auf den Arm. »Wir machen besser Schluss für heute«, sagte sie. »Ihr beide seht aus, als ob ihr auf der Stelle einschlaft.«

Flora wollte eigentlich »Nein!« rufen. Schließlich hing so viel davon ab, dass sie Federland fanden. Aber sie spürte, wie sie bereits wegzudämmern begann. Sie hatte keine Ahnung, wie sie es bis nach Hause schaffen sollte. Wenn sie doch nur mit Goldwing fliegen könnte. Da zupfte ihre kleine Eule sie mit dem Schnabel an der Hose.

»Komm, ich begleite dich«, sagte sie. »Und morgen Nacht suchen wir weiter.«

Flora und Jona schauten sich kurz an, dann willigten sie zögernd ein.

»Bis zum nächsten Vollmond ist es nicht mehr lang«, erklärte Flora mit einem Blick zum Himmel. »Morgen sind es nur noch zwei Nächte, dann *müssen* wir in Federland sein.«

Alle nickten und schauten sich entschlossen an. Für jeden war klar: Dafür würden sie alles geben!

3

Zauberschwerter

Obwohl Flora völlig erschöpft ins Bett gesunken und sofort eingeschlafen war, schreckte sie in dieser Nacht immer wieder auf. Ständig sah sie sich und die anderen nachts durchs Kloster irren, während der kreisrunde Mond am Himmel sie mit seinem gleißenden Licht in die Augen stach. Als ihr Wecker klingelte, fühlte sie sich wie gerädert.

Zum Glück musste sie nicht in die Schule und konnte noch liegenbleiben. Heute war nämlich Schnuppertag! Das bedeutete, die Kinder aus Floras Klasse durften einen Tag in ihren Traumberuf reinschnuppern. Natürlich funktionierte das nicht überall. Bei Astronauten und Rennfahrern wurde es schwierig. Aber bei Flora war klar, dass sie was mit Tieren machen wollte. Bei ihren Freundinnen Miri und Lea ebenso. Also durften sie heute Floras Vater in seiner Tierarztpraxis helfen.

Doch bevor es losging, wollte sich Flora noch mal kurz auf die Seite drehen. Sie fühlte sich *so* müde ...

»He, Schlafmütze!«, weckte sie die Stimme ihres Vaters, der lächelnd in der Tür stand. »Auch bei der Arbeit muss man pünktlich sein, nicht nur in der Schule. Stell dir mal vor, was sonst bei mir im Wartezimmer los wäre.«

»Ich komme«, nuschelte Flora und wand sich gähnend aus den Federn, während ihr Vater schon wieder verschwunden war. Sie stellte sich vor, wie es in einem übervollen Wartezimmer so zuging. Irgendwann würde man vor lauter Bellen, Miauen, Fiepen und Zwitschern sein eigenes Wort nicht mehr verstehen. Nein, das ging natürlich nicht!

Kaum war Flora unten in der Praxis, kamen auch schon ihre Freundinnen Miri und Lea herein. Lea war wie immer morgens nicht besonders gesprächig, das war auch in der Schule so. Manchmal dachte Flora, das lag vielleicht daran, dass Lea ziemlich groß war und es einfach länger brauchte, bis ihr Körper in Schwung kam. Seit sie nicht mehr so viel mit der zickigen Nathalie zu tun hatte, unternahm sie mehr mit Flora und Miri. Auch im Stall waren die drei oft zusammen und manchmal half Lea mit, wenn sie Miris Pferd Dusty versorgten. Flora durfte Miri schon lange dabei helfen und oft sogar auf Dusty reiten. Miri war Floras liebste Freundin hier in Tannenbach. Sie war immer gut gelaunt und ließ sich selbst von Nathalies fiesen Kommentaren nicht aus der Ruhe bringen. Auch jetzt schob sie einfach die Ärmel ihres Pferdeshirts hoch, band sich die Haare zusammen und los ging's.

Die drei Mädchen brachten die Patienten in die Behandlungszimmer, halfen mit, Verbände anzulegen, Krallen zu stutzen, Tiere bei Impfungen zu halten und noch vieles mehr. Besonders gern verteilten sie die Leckerlis zum Abschied und strahlten jedes Mal über die Freude der großen und kleinen Patienten.

Zum Schluss kam noch ein schwarz-braun geschecktes Meerschweinchen mit einem lustigen Wirbel zwischen den Ohren. Ein Mädchen mit lockigen Haaren, die zu einem dicken Zopf geflochten waren, trug es auf dem Arm herein.

»Paula, setz Wuschel doch auf den Tisch«, sagte ihre Mutter, während sie Floras Vater die Hand gab.

»Hallo, Frau Schober«, begrüßte er die Frau, die hektisch immer wieder die Ärmel ihrer Jeansbluse nach oben schob.

»Danke, dass wir noch kommen durften«, plapperte sie sofort los. »Wir haben Wuschel gleich nach der Schule eingepackt. Er frisst seit gestern kaum noch und wir wissen nicht, was er hat. Paula hat alles probiert, aber selbst seinen geliebten Löwenzahn mag er nicht. Paula macht sich natürlich große Sorgen. Hoffentlich ist es nichts Schlimmes. Vielleicht …«

»Jetzt schaue ich mir Wuschel erst einmal an«, unterbrach Herr Faltin Frau Schobers Redeschwall. »Es ist auf jeden Fall gut, dass ihr gleich gekommen seid«, wandte er sich an Paula und lächelte ihr freundlich zu. »Manchmal steckt gar nichts Schlimmes dahinter.«

Herr Faltin wollte Paula bestimmt Mut machen. Aber Flora wusste, dass so eine Situation für Meerschweinchen durchaus gefährlich sein konnte.

Vorsichtig tastete Herr Faltin Wuschels Bauch ab und schaute ihm ins Maul.

Währenddessen quasselte Frau Schober ständig weiter und fragte die Mädchen zu ihrem Schnuppertag aus. Flora fiel auf, dass Paula kaum sprach, auch wenn Herr Faltin sie etwas fragte. Schüchtern wirkte sie allerdings nicht. Sie war mindestens einen Kopf größer als Flora, doch sie musste ähnlich alt sein, denn ihre Mutter erzählte, Paula hätte vor Kurzem auch so einen Schnuppertag gehabt. Obwohl Paula etwas pummelig war, wirkte sie mit ihren breiten Schultern und den muskulösen Oberarmen ziemlich sportlich.

»Ich kann nichts feststellen«, verkündete Herr

Faltin und leuchtete Wuschel zum Abschluss noch in die Augen. »Sieht alles normal aus. Ich gebe ihm jetzt eine Spritze, damit er wieder mehr frisst.« Herr Faltin zog mit einer Nadel Flüssigkeit aus einer Ampulle in eine Spritze auf. Paula hielt Wuschel fest und sprach beruhigend auf ihn ein, sodass er bei dem kleinen Pikser nur kurz zusammenzuckte.

»Wenn er bis morgen nicht besser frisst, dann kommen Sie bitte noch mal wieder«, wandte sich Herr Faltin an Frau Schober. »Ich habe sowieso Wochenenddienst und bin in der Praxis.«

»Mach ich«, versprach Frau Schober und schüttelte Herrn Faltins Hand, als ob sie die gar nicht mehr loslassen wollte. »Tausend Dank, dass Sie uns so kurzfristig drangenommen haben.«

»Selbstverständlich«, erwiderte Herr Faltin. »Bei solchen Sachen sollte man nicht warten.«

Flora sah den besorgten Blick, den Paula ihrer Mutter zuwarf. Hoffentlich ging es Wuschel morgen wirklich besser.

Der restliche Vormittag verging wie im Flug, und erst als sie fertig waren, merkten die drei Mädchen, dass sie richtig Hunger hatten.

»Super, dass wir heute bei dir essen dürfen«, freute

sich Lea, als sie nach oben in die Wohnung gingen. Schon an der Tür schlug ihnen ein verführerischer Duft entgegen.

Miri schnupperte. »Mmh, riecht eindeutig nach … Pfannkuchen!«

»Super Spürnase«, lobte Flora sie lachend. »Die hab ich heute auch bestellt.«

Wenn andere Kinder zum Essen da waren, durften sich Flora oder ihr kleiner Bruder Felix immer was wünschen. Das war auch deswegen gut, weil Frau Faltin dann nicht eines ihrer extra gesunden Gerichte kochte, die oft ziemlich scheußlich schmeckten. Doch die Pfannkuchen heute, die waren köstlich!

»Unglaublich, was ihr essen könnt!«, staunte Frau Faltin, während sie erneut Teig in die Pfanne goss. »So ein Arbeitstag macht anscheinend richtig Hunger.«

Die Mädchen nickten. Sie hatten alle den Mund so voll, dass sie nicht mal Pieps sagen konnten.

»Du hast auch schon zwei verdrückt und das ganz ohne Arbeit«, stellte Herr Faltin fest und zwinkerte Felix zu.

»Schule ist genauso Arbeit«, nuschelte der mit vollen Backen und spülte schnell mit einem Schluck Wasser nach. »Vielleicht mach ich mal Schnuppertag im Restaurant. Dann kann ich die ganze Zeit leckere Sachen essen!«

Frau Faltin wischte ihm lächelnd ein paar Zimtspuren vom Mund. »Und dann kochst *du* für uns! Das wäre doch super.«

Flora warf einen skeptischen Blick auf ihren Bruder. Ob das wirklich so super war?

Nach dem Essen machten sich die drei Mädchen an den Bericht über ihren Schnuppertag. Das war Hausaufgabe bis morgen. Gemeinsam überlegten sie, was sie alles schreiben konnten, und malten gleich noch ein paar Katzen, Hasen und Hunde rund um ihr Blatt. Doch dann fand Miri, dass das nun reichte, und beschäftigte sich lieber mit Floras Minikläranlage, die sie letzte Woche mit Frau Hauser in der Klasse gebastelt hatten. Sie holte sie aus dem Regal und schwenkte den Sand in der abgeschnittenen Plastikflasche vorsichtig hin und her.

»Sieht irgendwie ziemlich ausgetrocknet aus«, stellte sie fest. »Hast du die nicht noch mal ausprobiert?«

Flora schüttelte den Kopf. »Sooo spannend fand ich das nun auch nicht.«

»Echt?«, fragte Lea und die drei grinsten sich an.

Frau Hauser hatte eine ganze Stunde lang über Kläranlagen geredet, weil sie in Sachkunde gerade das Thema Wasser hatten. Um zu verstehen, wie eine Kläranlage funktionierte, hatten sie den Boden einer Plastikflasche abgeschnitten und Sand eingefüllt, der den Schmutz filterte.

»Merkt euch immer: Wasser bedeutet Leben!«, ahmte Miri die Stimme ihrer Lehrerin nach und blickte mit ernster Miene in die Runde. Diesen Satz hatte Frau Hauser mehrfach wiederholt.

»*Kekse* bedeuten Leben«, wiederholte Lea nun ebenso bedeutungsvoll und die drei lachten.

»Stimmt, ich habe auch schon wieder Hunger«, stellte Flora fest. »Ich schau mal, was wir haben.«

Auf dem Weg in die Küche geriet sie plötzlich in das Kriegsgebiet von Felix und dessen Freund Ben, der zu Besuch war. Die Jungs spielten offensichtlich irgendeine Kampfszene nach. Immer wieder kreuzten sie ihre Schwerter in der Luft, bevor sie mit wildem Geheul auf unsichtbare Feinde losgingen. Doch noch besser war natürlich, auf Flora loszugehen. Sie wehrte sich nach Kräften und versuchte, sich die beiden vom Leib zu halten.

»Was soll das denn?«, fragte sie keuchend. »Ist das eine neue Kampftechnik?« Kopfschüttelnd betrachtete sie das Gefuchtel, das die beiden Jungs da veranstalteten.

»Das ist keine Technik, das sind *Zauberschwerter*«, erklärte ihr Bruder, voller Unverständnis für Floras dumme Frage. »Die funktionieren nur gemeinsam, aber dann …« – erneut kreuzten die beiden ihre Schwerter – »… dann haben sie Superkräfte!«

Bevor die zwei zur nächsten Attacke übergingen, schlüpfte Flora zwischen ihnen durch und rannte in die Küche. Zum Glück kamen ihr die beiden nicht hinterher, sondern verzogen sich in Felix' Zimmer.

»Tsss, Zauberschwerter«, murmelte Flora vor sich hin. »So ein Quatsch.« Doch plötzlich fielen ihr beim Gedanken an die gekreuzten Klingen die Federn im Kloster ein. Die Federn, die es überall zu sehen gab und die ihr zum ersten Mal in dem Türmchen am Eingang aufgefallen waren. Da, wo ihr dann auch die Goldammer begegnet war. Immer zwei Federn kreuzten sich dort an der Wand, genau wie die Zauberschwerter der beiden Jungs.

Flora stockte. Es konnte doch sein, dass es auch *zwei* Federn brauchte, damit sich was tat? Vielleicht mussten Goldwing und Securo ihre Flügel aneinanderhalten und dann … dann öffnete sich eine geheime Tür nach Federland?

Als es am Abend endlich so weit war und Flora sich mit Goldwing im Garten traf, konnte sie es kaum erwarten, bis sie sich verwandelt hatte. Sofort erzählte Flora von ihrer Idee, während ihre kleine Eule aufmerksam lauschte.

»Klar, das versuchen wir!«, stimmte sie gleich zu, als Flora fertig war. »Securo macht sicher auch mit.«

»Die vereinten Kräfte eurer Flügel – das muss doch was bewirken«, meinte Flora hoffnungsvoll.

Goldwing nickte, schaute jedoch ein wenig nachdenklich vor sich hin. Dabei bewegten sich die Federpuscheln auf ihrem Kopf heftig hin und her.

»Ja vielleicht, aber vielleicht auch nicht«, sagte sie dann. Flora sah sie fragend an. »Na ja, wenn das jede normale Zaubereule mit ihrem Freund einfach so schafft, dann wäre das ja nichts Besonderes«, erklärte Goldwing. »Aber die Goldammer hat gesagt, dass es eine *Auszeichnung* ist, ein Teil von Federland zu sein.«

»Auszeichnung«, murmelte Flora, und plötzlich brachte sie dieses Wort auf einen Gedanken. »Das erinnert mich an die Feder, die wir von Dareia bekommen haben. Damals hat sie gesagt, das sei eine ›Auszeichnung‹ für unsere Dienste, weißt du noch? Jona und Securo haben auch eine.« Sie hielt kurz inne, starrte auf den Boden und dachte nach. »Vielleicht müssen es diese ganz besonderen Federn sein?«, fuhr sie dann fort. »Sie kommen schließlich von den Herrscherinnen, die Federland erschaffen haben!«

Als Goldwing aufgeregt nickte, blickte Flora zurück zum Haus. »Ich hole sofort Dareias Feder«, beschloss sie. »Vielleicht kannst du Securo Bescheid sagen, damit Jona seine auch mitbringt?«

»Klar, mache ich«, versprach Goldwing. »Ich bin so schnell wie möglich wieder da.«. Auch Flora wollte keine Zeit verlieren und lief zurück in ihr Zimmer. Sie brannte darauf, endlich nach Federland zu kommen!

4

Leuchtende Steine

Kurze Zeit später erreichten sie das Kloster. Noch bevor Flora die Hand heben konnte, um an die dicke hölzerne Eingangstür zu klopfen, glitt sie quietschend zur Seite. Frau Schnabel erschien und ließ sie mit einem freundlichen Lächeln ein.

»Können Sie hellsehen? Woher wussten Sie, dass wir kommen?«, wunderte sich Flora.

»Na, du weißt doch, was für gute Ohren Eulen haben«, erwiderte Frau Schnabel schmunzelnd. »Nordis und Klaro haben euch vermutlich schon gehört, als ihr gerade losgelaufen seid.«

»Und gleich kommen die Nächsten«, schaltete sich die Schneeeule ein. Sie saß wieder auf dem Holzgeländer und nickte Richtung Tür. Tatsächlich tauchte da gerade Jona auf, während Securo schon ein Stück vorausgeflogen war.

Sorgfältig schloss Frau Schnabel die Tür hinter den

beiden. »Gut, jetzt sind alle hier. Dann verwandle ich euch zwei noch schnell und ihr könnt weitersuchen.«

Sie holte zwei Steine aus ihrer Hosentasche, die wie grobe Goldklumpen aussahen. Als sie Floras und Jonas fragende Blicke bemerkte, erklärte Frau Schnabel: »Die sind von den Herrscherinnen. Sie haben sie mit besonderen magischen Kräften versehen. Damit kann nicht nur ich, sondern jeder, der ein Eulenfreund war oder ist, den beiden ihre Zaubergestalt verleihen. Also auch ihr.«

Flora blickte erstaunt auf die Steine, die Frau Schnabel jetzt links und rechts auf die Flügel des Brillenkauzes hielt. Kaum hatte sie die magischen Worte geflüstert, färbten sich Klaros Federn. Und genauso ging es bei Nordis.

»Viel Glück«, wünschte ihnen Frau Schnabel. »Ich hoffe, ihr kommt heute voran, meine Eulen werden immer müder. Ich würd ihnen so gerne helfen, aber ich glaube, das könnt nur ihr. Indem ihr Federland findet!«

Das war das Stichwort für Flora. Schnell erzählte sie den anderen von ihrer Idee und alle machten sich auf den Weg zum Türmchen. Irgendwie hatte Flora das Gefühl, es hier als Erstes probieren zu müssen, denn hier war ihr die Goldammer begegnet und nirgendwo sonst gab es so viele Federn an einem Platz.

Die Eulen flatterten einfach durch die schmalen Fensterschlitze ins Innere, doch Jona musste sich bücken, um sich an der Decke des niedrigen Eingangs nicht zu stoßen. Flora schlüpfte hinter ihm rein und dann standen alle in dem engen Raum und schauten auf die Waldkauz-Statue in der Nische. Genauer gesagt, auf die gekreuzten Federn, die drum herum in zartem Gold auf die dicken Quader der Wand gemalt waren.

»Bereit?«, fragte Jona und schaute Flora fragend an. Sie nickte, dann blickten sie beide auf ihre Eulen. Wie auf ein geheimes Kommando kamen sie auf den schmalen Sims geflattert, der unterhalb der Nische durch den Raum lief. Die Eulen streckten ihre Flügel aus und legten sie über die Federn der Wand, auf die Flora und Jona nun ihr Geschenk von Dareia hielten. Flora wollte gerade die Augen schließen, um sich ganz fest zu wünschen, dass nun hoffentlich was passierte, doch da erfüllte plötzlich ein Leuchten den Raum. Es kam von ein paar Steinen in der Wand.

»Seht doch mal da!«, rief Klaro aufgeregt und deutete mit zitterndem Flügel auf die Erscheinung.

»Wir sind nicht blind«, erklärte Nordis und schüttelte sich. Als ob sie solche unnötigen Bemerkungen gleich wieder aus den Ohren bekommen wollte.

»Was hat das zu bedeuten?« Securo flatterte zu den leuchtenden Steinen. Goldwing folgte ihm und setzte sich direkt neben ihren Freund. Vorsichtig strich sie mit dem Flügel über die glitzernde Oberfläche. »Fühlt sich warm an«, meinte sie. »Du hattest recht mit den Federn der Herrscherinnen, Flora. Das Leuchten beweist es.«

»Aber umsonst leuchten die Steine ja nicht«, murmelte Jona und legte nun ebenfalls eine Hand auf die Wand. »Komm, Flora, ich zähle bis drei und dann versuchen wir es gemeinsam. Wir drücken, so fest wir können, dagegen.«

Flora nickte und Jona fing an: »Eins, zwei, drei … Los!«

Die beiden stemmten sich mit aller Kraft gegen die Wand. Sie drückten und drückten und … *da!* Ein Teil der Wand wich plötzlich mit einem dumpfen Knirschen zur Seite. Flora und Jona hätten beinahe das Gleichgewicht verloren und taumelten in den Eingang, der sich vor ihnen auftat. Die Eulen, die vor Schreck nach hinten gehüpft waren, kamen vorsichtig wieder näher. Ein schwarzes Loch starrte ihnen wie ein weit aufgerissenes Maul entgegen und ein Geruch nach feuchter Erde streifte Floras Nase.

»Gehen wir rein?«, fragte Goldwing leise in die Runde.

»Ja natürlich, was denn sonst!?«, erwiderte Nordis, als ob das die klarste Sache der Welt wäre.

»Aber woher wissen wir, dass die Herrscherinnen das wirklich wollen?« Klaro legte unsicher den Kopf schief. »Ich meine, wir haben ja keinen direkten Hinweis darauf. Es könnte auch eine Falle ...«

»Ach papperlapapp«, schnitt Nordis dem Brillenkauz das Wort ab. »Das machen wir jetzt. Los, kommt!«

Mit diesen Worten flatterte die Schneeeule los und Goldwing und Securo zögerten keine Sekunde, ihr zu folgen.

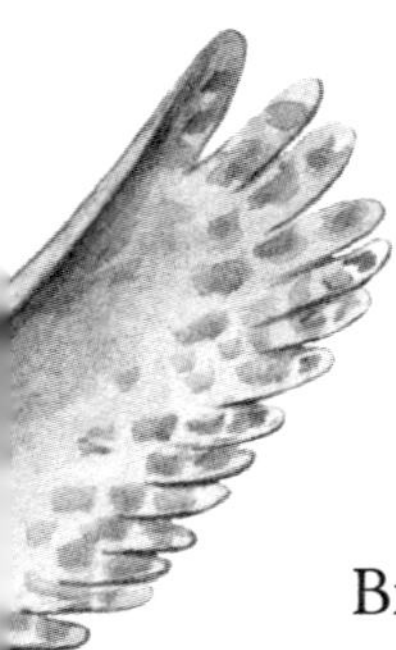

»Wir passen gut auf dich auf«, versuchte Flora, Klaro zu beruhigen. »Wenn du Angst hast, dann gehe ich sofort mit dir raus.«

Doch Klaro richtete sich auf und streckte die Brust vor. »Ich habe niemals Angst! Ich meine ja nur, man sollte immer alle Möglichkeiten in Betracht ziehen. Es könnte ja sein ...«

So weiter vor sich hin plappernd, setzte sich Klaro zögernd in Bewegung. Auch Flora hatte ein ziemlich flaues Gefühl im Magen, als sie sich über schmale, ausgetretene Stufen nach unten tastete. Dann führte sie ein enger Gang weiter, dessen Decke so niedrig war, dass Jona kaum aufrecht stehen konnte.

Es dauerte eine Weile, bis Floras Augen sich an die Dunkelheit gewöhnt hatten und sie zumindest Umrisse erkennen konnte. Außer den glitzernden Flügeln der Zaubereulen war es hier unten stockfinster. Klaro quasselte unablässig vor sich hin und Flora vermutete, dass das seine Art war, sich Mut zu machen. Es roch wirklich ziemlich modrig hier drin und ab und zu trat Flora auf etwas Hartes. Sie hoffte, dass es nur irgendwelche alten Stöcke waren und keine Knochen von Leuten, die vielleicht vor vielen Jahren versucht hatten, über diesen Gang zu flüchten. Der Richtung nach zu urteilen, musste er direkt ins Innere des Klosters führen. Meter um Meter drangen sie weiter vor, bis Flora vor sich ein hektisch bewegtes Glitzern sah. Goldwing und Securo flatterten aufgeregt herum, denn hier gabelte sich der Weg.

»Wir wissen nicht, wo es weitergeht«, erklärte Goldwing. »Nordis ist ein Stück vorausgeflogen, um sich umzuschauen.«

»Hier sind wir richtig«, erklang da die Stimme der Schneeeule aus dem Dunkeln. Sofort setzten sich alle in Bewegung. Keiner wollte auch nur eine Minute länger als nötig in diesem muffigen Gang verbringen.

»Da gibt es noch mal gekreuzte Federn«, erklärte Nordis, als sie bei ihr angekommen waren. Sie deutete mit dem Flügel auf eine Stelle an der Wand, doch Flora konnte in der Dunkelheit nichts erkennen. Wie gut, dass Eulen so scharfe Augen hatten.

Sie gingen weiter, bis sie schließlich vor einer Tür standen. Tiefe Rillen durchzogen das dunkle Holz, in dem allerdings kein Schloss zu erkennen war.

»Wo führt die denn hin?«, überlegte Klaro laut.

»Auf Burgen gab es Verließe, in denen Menschen gefangen gehalten wurden«, erklärte Jona. »Das hab ich selbst mal bei einer Führung gesehen.«

Flora bemerkte, wie Klaro erschrocken ein paar Flügelschläge zurückwich. »Ein Gefängnis?«

»Das hier ist aber keine Burg, sondern ein Kloster«, widersprach Flora energisch. »Nonnen stecken keine Menschen in Verließe.«

Für Jona schien das nicht ausgeschlossen zu sein, er hielt aber trotzdem Dareias Feder an die Tür und Flora tat es ihm nach. Auch Goldwing und Securo zögerten nicht, ihre Flügel auszustrecken. Das war gar nicht so einfach, denn sie mussten sich ja gleichzeitig in der Luft halten. Doch es genügten nur wenige Sekunden und schon ging ein mächtiger Ruck durch das Holz. Es krachte und knackte, als ob die Tür zu bersten drohte.

Floras Hand mit der Feder zitterte und Jona riss vor Schreck die Augen auf. »W-was?«, stieß er hervor. Die Eulen flatterten aufgescheucht herum, nur Nordis nicht. Sie hockte einfach am Boden, bis sie sich streckte und ihre Brust gegen die Tür presste, als ob sie die aufdrücken wollte.

Da halfen auch Flora und Jona mit. Sie stemmten sich mit aller Kraft gegen das Holz und dabei wich die Tür, Zentimeter für Zentimeter, zur Seite. Flora bekam fast keine Luft, so schnell ging ihr Atem. Was würden sie gleich zu sehen bekommen?

Neugierig streckten alle die Köpfe vor und Jona entfuhr nur ein leises »Wow!«.

Flora hatte es komplett die Sprache verschlagen. Mit offenem Mund stand sie da, als wäre sie am Boden festgewachsen. Doch Jona schob sie weiter, hinein in diesen Raum, der alles andere war als ein Verließ, sondern vielmehr ein *Paradies!* Ein Ort voller Licht und Wärme, mit saftig grünem Moos auf dem Boden, aus dem sich bunte Blumenköpfe zaghaft in die Luft reckten. Sie sahen aus wie die Regenbogenblumen in Athenaria, nur viel kleiner. Aber mit den gleichen zarten, allerdings nicht ganz so leuchtenden Blütenblättern, die Flora an kleine Windräder erinnerten. Ebenso wie in Athenaria wuchs auch hier eine Linde mit weit ausladenden Zweigen, die sich Richtung Decke reckten, einem dichten Teppich aus Blumen entgegen, deren trichterförmige Blüten wie kleine Lampenschirme herabhingen. Hin und wieder ließ sich eine Libelle darauf nieder, die Flora mit ihren schimmernden Flügeln ein bisschen an die Zaubereulen in Athenaria erinnerten. Auch sie hinterließen schillernde Streifen in der Luft oder auf den kugelrunden Büschen, über die sie tänzelnd hinwegglitten.

Als Flora ihren Blick weiterwandern ließ, fiel ihr ein bläulich funkelnder Stein ins Auge, dessen Kristalle glitzerten wie die Sonne auf dem Meer. So einen riesigen Edelstein hatte Flora noch nie gesehen. Ebensowenig wie den Baum mit den blassroten Äpfeln, dessen Zweige durch die vielen Früchte schwer nach unten hingen. Flora hätte nur die Hand ausstrecken müssen, um einen zu kosten. Doch niemals hätte sie es gewagt, hier irgendetwas anzufassen. Sie kam sich vor, als ob sie in einer Schatzkammer stand und nur

staunend alle Kostbarkeiten bewundern konnte. Das hier – das war Federland! Ein Garten voller Magie mitten in einem Kloster! Ungefähr so groß wie die Bibliothek, aber statt Büchern voller Grün. Mit weichem Moos auf dem Boden und dicht bewachsen mit Bäumen, Büschen und Blumen. Was für ein magischer Ort! Ein Ort, den es ohne Licht und Wasser gar nicht geben durfte. Aber es gab ihn, ein atemberaubendes *Mini-Athenaria!*

Noch immer sagte niemand ein Wort, alle konnten nichts als staunen.

»Ich kann's einfach nicht glauben«, brachte Jona schließlich stockend hervor. Er flüsterte, als ob er die Magie hier nicht stören wollte. Auch Flora wagte kaum zu sprechen. Sie kam sich vor wie in einem Traum. Gab es das alles wirklich? Sie zwickte sich heimlich, um ganz sicherzugehen. Nein, sie träumte nicht. Sie hatten Federland gefunden – sie alle gemeinsam!

Aber wie sollten sie es nun zum Leben erwecken? Was genau sollten sie in dieser Vollmondnacht tun?

Als ob Floras Frage gehört worden wäre, raschelte es plötzlich in der großen Linde. Bereitete sich der Baum etwa auf eine Antwort vor? Aber nein, es war nicht der Baum selbst, sondern ein großer Uhu mit silbernen Flügeln. Dareia!

5

Dareias Auftrag

Staunend blickten alle auf die Herrschereule, die aus dem Zauberreich Athenaria zu ihnen gekommen war. Mit weit ausgestreckten Flügeln schwebte sie zu ihnen und setzte sich ganz in der Nähe auf eine Steinplatte, die auf einem zerfurchten Stück Holz lag. Wie majestätisch sie aussah! Flora spürte wie immer große Ehrfurcht beim Anblick des wunderschönen Vogels.

»Seid gegrüßt!«, erklang Dareias sanfte Stimme. Mit leuchtenden Augen schaute sie in die Runde. Ihr Blick wanderte von einem zum anderen und Flora erschauerte, als er auf ihr ruhte. Sie hatte das Gefühl, die Herrscherin schaute ihr bis ins Allerinnerste und nichts blieb ihr verborgen.

Flora und die anderen sagten leise »Hallo« und sahen Dareia erwartungsvoll an. Was hatte ihre Anwesenheit zu bedeuten?

»Eigentlich wollten wir zu viert kommen, aber wir

können Athenaria im Moment nicht allein lassen«, erklärte Dareia nun. »Mit vereinten Kräften haben wir Federland erschaffen, mit vereinten Kräften sollt ihr diesen Ort in Zukunft schützen.« Sie hielt kurz inne und ihre Worte hallten wie eine Mahnung in Floras Ohren nach. »Doch leider konnten wir Federland nicht vollenden. Dazu brauchen wir eure Hilfe.« Sie stockte und schaute nachdenklich in die Ferne. Auch wenn niemand ein Wort sagte, wusste Flora, dass alle nur das eine dachten: Und *wie* sollen wir helfen?

Da fuhr Dareia fort: »Vor vielen, vielen Jahren hat die Ureule, die Mutter aller Zaubereulen, Athenaria erschaffen. Mit unzähligen Zaubern hat sie ihr Reich geschützt, um allen Zaubereulen für immer ein sicheres Zuhause zu bieten und um von hier aus über die Zaubereulen bei den Menschen zu wachen. Aber nach so langer Zeit beginnen nun manche Zauber nachzulassen. Davor hat die Ureule damals schon gewarnt und ihren Nachfolgerinnen alles erzählt, was sie wissen mussten, um Athenaria schützen zu können. Dieses Wissen wurde über viele, viele Jahre weitergegeben und angeblich wurde ein Teil davon sogar von einem Eulenfreund aufgeschrieben: im *Goldenen Buch der Zaubereulen.*«

Wieder legte Dareia eine Pause ein, während ihre letzten Worte durch Floras Kopf wirbelten. Ein goldenes Buch? Was hatte das zu bedeuten? Waren die Seiten darin wirklich aus richtigem Gold? Dann musste es unglaublich kostbar sein. Flora hätte alles dafür gegeben, es einmal selbst in Händen zu halten, doch die nächsten Worte Dareias machten diese Hoffnung sofort zunichte.

»Dieses Buch ist leider irgendwann verloren gegangen«, erklärte sie. »So haben es uns unsere Vorgängerinnen berichtet. Doch zum Glück haben die Herrscherinnen immer alles, was dort aufgeschrieben war, an ihre Nachfolgerinnen weitergeben. Von Generation zu Generation. So haben auch wir erfahren, dass es einen Ort in der Menschenwelt braucht, wenn die Zauber der Ureule nachlassen. Federland! Dass mit seiner Magie alle Zauber erneuert werden können, wo dieser Ort zu errichten ist und auch wie.« Dareia wirkte auf einmal sehr bekümmert. Ihr Blick schweifte umher über die Blumen, Büsche und Bäume. »Am Schluss soll Federland so groß und strahlend sein wie Athenaria. Doch das ist es nicht, *noch* nicht! Und nun ist es an euch, dafür zu sorgen. Denn wir brauchen es dringend, jetzt, da die Zauber in Athenaria schwächer werden!« Dareia richtete sich zu ihrer ganzen Größe auf und schaute mit leuchtenden Augen in die Runde. »Nun will ich selbst von euch hören: Wollt ihr unser Werk vollenden? Wollt ihr zu *Federländern* werden?«

Floras Herz hämmerte und jeder Zentimeter ihres Körpers kribbelte vor Aufregung. »Ja!«, platzte sie heraus. Das wollte sie um jeden Preis! Sie war so stolz, dass sie und Goldwing von den Herrscherinnen für Federland ausgewählt worden waren. Für Flora gab es keine Frage: Sie würden alles dafür tun!

»Wir werden unser Bestes geben«, versicherte auch Jona.

»Und euch bestimmt nicht enttäuschen«, schloss Goldwing sich an. Alle anderen Zaubereulen nickten eifrig.

»Das weiß ich«, erwiderte Dareia sanft. »Außerdem ... werdet ihr nicht allein bleiben.«

Flora und Jona warfen sich einen verwunderten Blick zu. Was sollte das heißen? Kam etwa noch jemand in ihr Team? Doch bevor sie bei Dareia nachhaken konnten, fuhr die Herrscherin schon fort: »Zuallererst aber müsst ihr Federland zum Leben erwecken, denn ohne eure gemeinsame Zauberkraft wird jede Magie hier unbrauchbar bleiben. Dann kann Federland seine Bestimmung niemals erfüllen. Doch ich vertraue darauf: Beim nächsten Vollmond wird sich unsere Zauberkraft und eure hier verbinden. Altes und Neues, Vergangenheit und Zukunft soll sich vereinen und diesen Ort zum Strahlen bringen, so haben es unsere Vorgängerinnen uns gesagt.«

Mit diesen Worten wandte sich Dareia ab und flog in die Linde, bis in dem dichten Blattwerk nur noch ihre leuchtenden Augen und glitzernden Flügel zu erkennen waren. »Lebt wohl und viel Glück!«, lauteten ihre letzten Worte.

Flora hätte gern noch so viel gefragt, aber da war Dareia bereits verschwunden. Bestimmt war sie mit ihrer Magie zurück nach Athenaria gereist, aber von hier sah es aus, als hätte sie sich einfach in Luft aufgelöst.

Schweigend starrten sie auf die weit ausladenden Zweige des Baums. Auch, ohne dass jemand es aussprach, wusste Flora, dass alle dasselbe dachten: Sie durften die Herrscherinnen nicht enttäuschen. Federland *musste* leben!

6

Auf Spurensuche

Eine Weile war kein Mucks zu hören. Flora, Jona und die Zaubereulen standen einfach nur da und ließen sich Dareias Worte durch den Kopf gehen. Sie hatte gesagt, Federland solle so groß und strahlend sein wie Athenaria. Aber das war es noch nicht. Flora fühlte sich zwar an Athenaria erinnert, aber die Regenbogenblumen waren viel kleiner und ihre Blüten nicht so leuchtend. Wie überhaupt alles hier noch nicht so richtig strahlend, groß und üppig war wie im alten Zauberreich. Man sah dem Ort an, dass seine Magie noch nicht vollendet war. Aber wie sollten sie das schaffen? Hatten die Herrscherinnen einen Hinweis für sie hinterlassen? Flora sah sich ratlos um. Nur ein zarter Windhauch fuhr durch die Blätter und bewegte sie sanft. Das leise Rascheln kam Flora fast wie ein Flüstern vor, doch in einer Sprache, die sie nicht verstand.

»Altes und Neues wird sich vereinen«, hörte sie Jona neben sich murmeln. »Was meint Dareia damit?«

Die Federländer schauten ratlos vor sich hin, bis sich Nordis zu Wort meldete: »Das Neue, das sind wahrscheinlich wir«, überlegte die Schneeeule. »Und das Alte, das steckt hier drin, in diesem Raum.«

»Aber ... warum nur hier?«, hakte Klaro nach. »Jeder Stein im Kloster ist doch Hunderte von Jahren alt.« Der Brillenkauz stockte. »Es könnte ja sein, dass wir irgendwas vom Kloster hierher nach Federland bringen müssen? Etwas von ganz früher, etwas Besonderes aus der Vergangenheit!«

»Und was soll das sein?«, wollte Flora wissen.

Klaro sah sie lange an, dann legte er einen Flügel über die Augen. Als ob er auf diese Weise besser nachdenken konnte. Eine Weile saß er so da, bis er schließlich meinte: »Vielleicht ein Edelstein oder sonst etwas Kostbares, das irgendjemand damals versteckt hat? Eine goldene Eule? Schließlich haben uns auch goldene Federn hierhergeführt.«

Die anderen schauten Klaro unsicher an. Eine goldene Eule? Das klang ziemlich weit hergeholt, fand Flora.

»Selbst wenn es so wäre, wo sollen wir die denn suchen?«, fragte sie. »Das Kloster ist riesig.«

»Wie wär's, wenn wir uns mal in der Bibliothek

umsehen?«, schlug Jona vor. »Vielleicht finden wir was in einem dieser steinalten Bücher.«

Das brachte Flora auf eine Idee. »Es gibt auch eins über das Kloster«, erklärte sie. »Eine *Chronik*. Das hat mir Frau Schnabel erzählt, als ich das erste Mal hier war.«

»Ich bin dafür, dass wir uns die anschauen.« Sofort stakste Nordis in Richtung Tür. Die anderen beeilten sich hinterherzukommen, nur Flora ließ schnell noch einmal ihren Blick durch dieses wunderbare, kleine Zauberreich wandern. Vorbei an den Regenbogenblumen, der großen Linde bis zu den Blüten an der Decke ... Mit einem Mal spürte sie, dass sie sich wieder viel wacher und frischer fühlte. Kam das daher, weil sie Federland endlich gefunden hatten?

»Los, Flora!«, hörte sie da Jonas Stimme. »Wir haben einen Auftrag. Den erfüllen wir nicht, indem wir hier herumstehen.«

Ein Lächeln huschte über Floras Gesicht. Da hatte Jona recht!

Als die beiden im Innenhof standen, holte Flora erst mal tief Luft. In diesem Gang hatte es wirklich ganz schön muffig gerochen. Aber hier draußen strich ein würziger Duft vom Kräutergarten um ihre Nase. Für einen Moment genoss sie die Stille und den Anblick des Gemäuers, dem der Mond einen silbernen Glanz verlieh. Doch sie mussten weiter. Die vier Eulen warteten bereits auf sie im Säulengang.

»Wir waren schon bei Frau Schnabel«, erklärte Nordis, als Flora und Jona bei ihnen ankamen. »Sie ist gerade bei den Eulen. Eine von ihnen hat nämlich schlimmen Husten.«

Oje, die arme, dachte Flora. Sie hatte gar nicht gewusst, dass Vögel sich erkälten konnten.

»Aber sie hat uns gesagt, wo wir das Buch über das Kloster finden«, erklärte Klaro und schwang sich in die Luft. »Ach, ich liebe Bücher! Wenn ich sie nur lesen könnte! Kommt, schnell!«

Sie folgten den Eulen in den lang gezogenen Raum mit der dunklen Holzvertäfelung. Dicke Staubschichten lagen in den Regalen und die herumflatternden Vögel ließen die Knäuel auf dem Boden lebendig werden wie kleine Fusseltierchen.

»Auf der linken Seite gleich am Anfang in der Mitte«, erklärte Nordis und deutete mit dem Flügel vor sich aufs Regal.

Die Schneeeule konnte natürlich nicht lesen, aber Flora stach sofort der glänzend blaue Buchrücken mit den geschwungenen Buchstaben ins Auge: *Lur-*

chingen – Geschichte eines Klosters stand darauf. Sie zog das Buch heraus und setzte sich mit Jona auf die mit Samt bezogenen Stühle, die so alt waren, dass die Federung ächzte und Flora in den Hintern drückte. Klaro nahm direkt neben Jona auf dem Tisch Platz, damit ihm auch ja nichts entging. Mit wild drehenden Kopfbewegungen schaute er sich um, sodass Flora beim Zuschauen ganz schwindelig wurde.

Er musste Bücher *wirklich* lieben.

»Es gibt so viel, was ich noch nicht weiß!«, seufzte Klaro. »Obwohl ich von meinen Eltern und anderen Brillenkäuzen schon einiges gelernt habe. Wir sind nämlich ziemlich schlaue Eulen.«

Flora bemerkte, wie genervt Nordis bei dieser Äußerung dreinschaute und schnell zu dem Erker flatterte, durch dessen bunte Fenster man bis ins Tal blickte. Von dem Fenstersims sah die Schneeeule nun in einigem Abstand zu ihnen herüber. Flora verstand, dass sie sich über Klaros Rumgeprahle ärgerte, aber da hörte man am besten einfach nicht so genau hin.

Voller Spannung schlug sie die erste Seite auf und begann vorzulesen. Sie erfuhren, dass das Kloster im Jahr 1032 gegründet worden und zunächst kleiner gewesen war. Ausführlich wurde dann jeder einzelne Erweiterungsbau beschrieben. Puh, war das langweilig!

»Lass mich mal«, unterbrach Jona sie und blätterte schnell ein paar Seiten vor. Bei der Abbildung eines Eulenkopfs auf einer Sandsteinsäule stoppte er. *»Eulendarstellungen als Zeichen für Weisheit und Wissen finden sich an vielen Stellen des Klosters«*, las Jona vor. *»Die Nonnen waren bekannt für ihre wertvollen Bibelabschriften und ihre fachkundige Pflege von Kranken. Mit den vielen Eulenhinweisen nimmt Lurchingen einen einzigartigen Platz ein. In keinem anderen Kloster gab es so etwas in dieser Form. Es wird vermutet, dass die Eule möglicherweise ein Wahrzeichen der Nonnen gewesen ist. Abgesehen davon, wohnen Eulen natürlich gern in alten Gemäuern und auch hier im Kloster wurden immer wieder welche gesichtet. Ihre Rufe klangen häufig nachts über den Hof. Heute ist es still geworden, aber die Hoffnung bleibt, dass die Eulen eines Tages wieder zurückkehren werden.«*

Jona blickte lächelnd auf die vier Eulen. »Der Autor wäre sicher zufrieden, wenn er euch jetzt so sehen könnte.«

»Und wenn er auch noch wüsste, dass wir mit einem besonderen Auftrag hier sind«, fügte Securo hinzu und schaute Goldwing stolz an. Die nickte und fragte dann Jona, ob da noch etwas zu den Eulen stand. Aber der schüttelte nur den Kopf.

»Das hat uns nicht gerade geholfen«, stellte Flora frustriert fest. »Jetzt wissen wir bloß, dass es damals schon Eulen hier gegeben hat.«

»Vielleicht ist irgendwann mal etwas Besonderes passiert?«, überlegte Goldwing. »Vielleicht haben die Nonnen einmal eine Eule gerettet? Gesund gepflegt wie die Kranken? Und dafür hat die Eule ihnen etwas hinterlassen?«

Klaro machte sich lang und reckte die Brust vor. »Oder eine Eule hat den Nonnen in einer schwierigen Lage geholfen und es gibt deswegen überall diese Zeichen!«

»Da können wir uns jetzt noch viel ausdenken, das bringt doch nichts«, unterbrach Nordis mit ihrer tiefen Stimme weitere Spekulationen.

»Am besten, wir überlegen alle noch mal in Ruhe«, schlug Goldwing vor. »Wir müssen uns Dareias Worte ganz genau durch den Kopf gehen lassen. Ganz sicher wird uns dann bis morgen Nacht was einfallen.«

Flora schaute liebevoll auf ihre kleine Eule, die wie immer den Mut nicht sinken ließ. Hoffentlich behielt sie recht!

Auf dem Heimweg hing jeder seinen Gedanken nach, bis Jona meinte: »Also Klaro ist echt ein Streber. *Wir sind nämlich ziemlich schlaue Eulen«*, äffte er die Stimme des Brillenkauzes nach. »So ein Angeber!«

Securo, der mit Goldwing auf einem Baumstumpf gewartet hatte, legte den Kopf schief. »Das stimmt, aber wir wissen ja, dass es für größere Aufgaben eine gute Mischung an Eigenschaften braucht. Und dass dafür nicht mehr nur *ein* Freund und *eine* Eule ausreichen. So hat es Dareia gesagt. Ich denke also, auch Klaro hat Fähigkeiten, die wir brauchen werden.«

Jona nickte. »Wahrscheinlich hast du recht. Was glaubt ihr, welche Nordis hat?«

»Nordis ist eine richtig coole Schneeeule«, meinte Flora grinsend. »Die bringt so schnell nichts aus der Ruhe. Sie redet eher wenig, aber wenn sie was sagt, dann ist da was dran, finde ich.«

Goldwing nickte. »Ja, ich bin gespannt, was ihr bis morgen Nacht einfällt.«

»Ich auch.« Jona riss mit einem herzhaften Gähnen den Mund auf. »Aber jetzt bin ich einfach nur hundemüde.«

Auch Flora sehnte sich nach ihrem Bett. Vielleicht träumte sie heute von Federland, diesem wunderschönen kleinen Zauberreich? Sie konnte es schon jetzt kaum mehr erwarten, dorthin zurückzukehren.

7

Wie vom Erdboden verschluckt

Als Flora am nächsten Morgen verschlafen in die Küche tapste, stand ihre Mutter bereits am Herd. Mit energischen Bewegungen wendete sie zischende Tomaten in der Pfanne, während die Dunstabzugshaube brummend den Dampf in sich hineinfraß.

»Warum kochst du denn *jetzt* schon?«, fragte Flora verwundert.

»Weil Frau Timmig mit Fieber im Bett liegt«, erklärte Frau Faltin. »Sie hatte vorhin am Telefon ein ganz schlechtes Gewissen, denn Papa hat heute Wochenenddienst. Frau Timmig ist eigentlich nie krank. Aber so eine Grippe sucht sich ja niemand aus.«

Die arme Frau Timmig! Flora konnte sich gut vorstellen, wie sehr die nette Sprechstundenhilfe darunter litt, Herrn Faltin im Stich lassen zu müssen.

»Ich habe Papa versprochen, dass wir ihm dann alle

helfen«, fuhr ihre Mutter fort. »Deswegen koche ich jetzt, weil wir nach der Arbeit sicher Hunger haben und es schnell gehen muss.«

»Das heißt, *du* setzt dich an den Empfang?«, fragte Flora ungläubig. Sie hatte ihrem Vater ja schon geholfen, auch Felix hatte ein paar Mal zugeschaut, aber ihre Mutter hatte eigentlich noch nie in der Praxis mitgearbeitet.

»Warum nicht?«, erwiderte Frau Faltin. »Papa muss mir halt das Nötigste für den Computer erklären. Und um die Patienten kümmert ihr euch. Da kann doch nichts schiefgehen, oder?«

Flora nickte, doch sie war nicht ganz so überzeugt wie ihre Mutter. Trotzdem freute sie sich. Die ganze Familie Faltin im Einsatz für Tiere – das hatte was!

Ausgerechnet heute war richtig viel los. Im Wartezimmer miaute, kläffte und fiepte es. Flora und Felix baten einen Patienten nach dem anderen herein und halfen ihrem Vater bei den Untersuchungen. Sie reichten Spritzen und Verbandmaterial an, räumten auf und säuberten den Tisch für den nächsten Patienten.

»Ich glaube, die Hälfte aller Tiere in Tannenbach und Umgebung ist über Nacht krank geworden«, sagte Flora, als sie gerade die entzündeten Augen einer Katze behandelt hatten.

»Ja, zurzeit ist wirklich Betrieb«, bestätigte ihr Vater. »Ich verstehe gar nicht, was plötzlich los ist. So viele Tiere sind einfach müde und schlapp, ohne dass ihnen etwas fehlt. Die Besitzer sind natürlich besorgt, das verstehe ich, aber Notfälle sind das eigentlich nicht.« Er seufzte und warf einen Blick auf den Computer.

»Der nächste Patient kommt allerdings zu Recht«, erklärte er. »Erinnerst du dich an Wuschel? Leider scheint es ihm nicht besser zu gehen.«

Da öffnete sich auch schon die Tür und Paula trat ein, dicht gefolgt von ihrer Mutter. Das süße schwarzbraun gescheckte Meerschweinchen hing schlaff auf Paulas Arm, während seine Nasenflügel hektisch zitterten.

Frau Schober berichtete, dass Wuschel immer noch kaum fraß, und die Waage zeigte: Er hatte weiter abgenommen.

»Ich würde ihn gern hierbehalten und versuchen, ihn mit einem Spezialmittel aufzupäppeln«, schlug Herr Faltin vor. »Das kriegt er alle drei Stunden und damit müsste er wieder mehr Kraft bekommen. Flora, du kannst mir doch dabei helfen, oder?«

»Ja natürlich«, antwortete Flora sofort, nahm Wuschel hoch und fuhr ihm mitleidig über sein samtweiches Fell. »Wir werden uns gut um dich kümmern«, versprach sie leise.

»Hoffentlich, hoffentlich«, erwiderte Frau Schober. »Und vielen, vielen Dank. Hier wissen wir Wuschel wirklich bestens, allerbestens aufgehoben.«

Wie schon beim ersten Mal wollte sie Herrn Faltins Hand gar nicht mehr loslassen, während Paula Wuschel noch einmal streichelte, sich dann aber schnell abwandte und leise »Tschüss« sagte.

Als die beiden draußen waren, atmete Flora auf. »Wieso sagt Frau Schober eigentlich alles doppelt? Und Paula redet dafür fast gar nichts.«

»Na ja, irgendwie scheint Frau Schober gleich für ihre Tochter mitzureden«, meinte ihr Vater. »Und Paula ist vielleicht einfach ein bisschen schüchtern.«

Flora runzelte die Stirn. Schüchtern kam ihr das Mädchen nicht vor. Sie hatte einen festen Blick, schien nur nicht besonders aufgeschlossen zu sein. Aber Flora konnte nicht weiter über Paula nachdenken, denn der nächste Patient wartete schon. Also brachte sie das Meerschweinchen schnell in das Überwachungszimmer. Ihr Vater zeigte ihr, wie man das Spezialmittel in eine Spritze aufzog und es Wuschel vorsichtig seitlich ins Maul verabreichte. Er schleckte heftig und schluckte auch. Scheinbar schmeckte es ihm.

»Das muss man schön langsam machen«, erklärte Herr Faltin. »Und danach die Reste gut abwischen, damit das Maul nicht verklebt. Schaffst du das alleine?«

»Klar«, erklärte Flora und drückte noch ein bisschen der Flüssigkeit in Wuschels Maul. Hoffentlich gab ihm das wirklich Kraft!

Der Vormittag verging wie im Flug und alle atmeten erleichtert auf, als sich die Tür hinter dem letzten Patienten geschlossen hatte.

»Ich bin am Verhungern«, jammerte Felix.

»Dann nichts wie hoch zu Nudeln mit Tomatensoße«, verkündete Frau Faltin und schaltete den Computer aus. »Nicht dass wir hier gleich den nächsten Notfall haben. Akuter Hungeranfall mit Magenloch und Beinversagen!«

Flora lachte. Felix sah so aus, als stünde er tatsächlich kurz davor.

Nach dem Essen ließ sich Flora erst mal auf ihr Bett fallen. Der Vormittag war echt ganz schön anstrengend gewesen. Sie legte eine CD ein, konnte dem Hörspiel aber schon nach ein paar Minuten nicht mehr folgen. Die Stimme des Sprechers klang immer weiter weg und Flora spürte, wie sie wegdöste.

Als sie aufwachte, konnte sie kaum glauben, dass sie wirklich eingenickt war. Blinzelnd sah sie auf ihren Wecker. Sie hatte tatsächlich eine Stunde geschlafen, und das, während draußen so ein strahlender Tag war!

Plötzlich sah Flora etwas aufblitzen. Hatte sie sich getäuscht? Vielleicht hatte sich nur die Sonne in der Fensterscheibe gespiegelt? Aber nein, das war die Goldammer! Was wollte die denn hier?

Flora hüpfte sofort aus dem Bett und sah, wie der Vogel immer wieder Richtung Garten schaute. Flora nickte eifrig. Sie hatte verstanden. So schnell sie konnte, sauste sie die Treppe nach unten, immer zwei Stufen auf einmal nehmend. Schon von Weitem sah sie die Goldammer zwischen den Tannen hinten beim alten Baumhaus herumflattern. Da bemerkte sie noch jemanden. Goldwing! Sie war Flora gar nicht aufgefallen, weil sie nur Augen für

den gelbgefiederten Vogel gehabt hatte. Der nahm nun neben der Waldohreule Platz und Floras Herz schlug immer wilder, als sie sich in das schützende Dickicht der Bäume drängte, damit sie von drinnen niemand sah. Sie platzte fast vor Aufregung, denn ihr war klar: Irgendwas musste passiert sein!

»Klaro ist verschwunden!«, zwitscherte die Goldammer da schon los.

Flora glaubte, sich verhört zu haben. »Wie verschwunden?«

»Na ja, er ist weggeflogen und seitdem einfach nicht mehr aufgetaucht.« Als die Goldammer Floras verwirrtes Gesicht sah, wurde sie noch ein bisschen deutlicher. »Nordis und Klaro dürfen immer frei herumfliegen, wenn niemand im Kloster ist. Als sich vorhin die letzten Besucher verabschiedet haben, war Klaro ganz aufgeregt. Er wollte unbedingt, dass Frau Schnabel ihn verwandelt und aus dem Käfig lässt. Doch kaum war die Tür auf, war er auch schon weg.«

»Was ist mit Nordis? Ist sie nicht mit?«, wollte Flora wissen.

»Das ging anscheinend alles ganz schnell«, erwiderte die Goldammer. »Bevor Nordis verstanden hatte, was los ist, war Klaro schon auf und davon. Seitdem

ist er wie vom Erdboden verschluckt. Frau Schnabel und Nordis haben alles abgesucht.«

Flora warf Goldwing einen alarmierten Blick zu. Ihre Eule schaute sie nur stumm an, aber ihre Ohren zuckten wild in alle Richtungen. Flora wusste, dass sich auch in ihrem Kopf die Gedanken überschlugen, doch sie wagte nicht, sie hier bei Tageslicht zu verwandeln.

Egal, sie mussten jetzt so schnell wie möglich zum Kloster, um Klaro zu finden. Hoffentlich war ihm nichts passiert! Und hoffentlich war er von niemandem in seiner Zaubergestalt entdeckt worden. Flora war richtig mulmig zumute. Kaum hatten sie Federland zum ersten Mal betreten, verschwand einer von ihnen. Da steckte doch was dahinter! War dieses halb fertige Reich irgendwie schuld an Klaros Verschwinden? Oder hatte er eine Idee gehabt? Aber warum hatte er sich dann allein auf den Weg gemacht? So viele Fragen, auf die es keine Antworten gab. Noch nicht ...

8

Überraschende Unterstützung

»Wir müssen sofort los!«, verkündete Flora entschlossen. »Ich muss nur schnell meiner Mutter Bescheid sagen.«

»Gut, dann informiere ich Jona und Securo«, erwiderte die Goldammer, flatterte auf und war nur Sekunden später hinter den Wipfeln der Bäume verschwunden.

Goldwing schaute Flora mit großen Augen an, als ob sie ihr gerne etwas gesagt hätte. Flora tat es leid, dass sie nicht miteinander reden konnten, aber im Kloster würde sie sie gleich verwandeln. Spontan drückte sie einen Kuss auf den Finger und legte ihn Goldwing auf den Kopf. Dann bedeutete sie ihr mit einem Handzeichen, hier auf sie zu warten.

Auf dem Weg durch den Garten dachte Flora fieberhaft über eine gute Ausrede nach. Sie würde ihrer Mutter einfach sagen, dass Miri dringend Hilfe im

Stall benötigte. Es stimmte immerhin, dass sie die Sattelkammer auf dem Reiterhof längst mal gründlich aufräumen und auskehren wollten.

Als Flora in die Wohnung kam, war ihre Mutter im Bad. Sie hatte ein dunkelgrünes Kleid mit feinen silbernen Streifen an und nestelte gerade ihre wilden Locken zu einer Hochsteckfrisur zurecht. Stimmt, sie wollte heute ja mit einer Freundin in die Oper. Nach Floras Ankündigung warf sie ihr jedoch einen forschenden Blick zu.

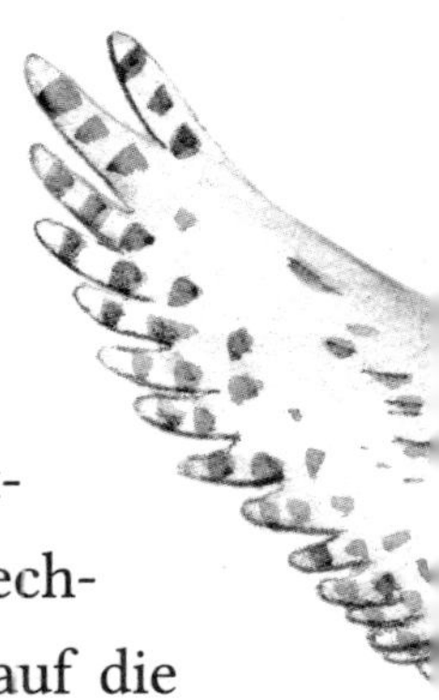

»Jetzt sofort sollst du kommen?«, nuschelte sie mit einer Haarnadel im Mund. »Das hätte Miri doch früher mit dir besprechen können.«

»Sie dachte wahrscheinlich, das schafft sie allein«, beeilte sich Flora zu erklären. Ihre Mutter durfte ihr jetzt keinen Strich durch die Rechnung machen. Aber da schaute Frau Faltin auf die Uhr.

»Oje, ich muss los!«, stellte sie erschrocken fest. »Sonst wird das nichts mit dem Sekt vor der ›Zauberflöte‹!«

Sie trug schnell noch ihren kirschroten Lippenstift auf, presste den Mund zusammen und schaute sich ein letztes Mal prüfend im Spiegel an.

»Du siehst wunderschön aus«, versicherte Flora. Ein flüchtiges Lächeln huschte über Frau Faltins Gesicht.

»Danke, mein Schatz«, sagte sie, schnappte sich ihre Handtasche, rief noch kurz »Tschüss!« in Felix' Zimmer und dann schlug die Wohnungstür hinter ihr zu. Flora stieß einen erleichterten Seufzer aus. Wie gut, dass ihre Mutter heute ihren »Kulturabend« hatte, denn dadurch blieben Flora weitere Fragen erspart. Sie wollte keine Sekunde mehr verlieren, um zu Goldwing in den Garten zu kommen.

Kaum hatte Frau Schnabel sie reingelassen, verwandelte Flora Goldwing in ihre Zaubergestalt. Nordis

saß neben ihr auf dem Geländer und betrachtete ungeduldig, wie sich Goldwings Federn mit einem schimmernden Glanz überzogen. Auch Jona und Securo waren schon da.

»Ich bin froh, dass ihr gekommen seid«, sagte Frau Schnabel. Schon auf den ersten Blick konnte Flora sehen, wie beunruhigt die Falknerin war.

»Als wir das von Klaro gehört haben, sind wir sofort los.«

Frau Schnabel nickte. »Allmählich bin ich wirklich in Sorge. Erst geht es meinen Eulen nicht gut, dann verschwindet Klaro und gerade hab ich an ein paar Säulen im Innenhof noch richtig tiefe Risse entdeckt. Die müssen neu sein, das wäre mir sonst aufgefallen.« Frau Schnabel seufzte und schüttelte den Kopf. »Ich weiß nicht, was als Nächstes kommt. Werden noch mehr Eulen verschwinden? Gibt es weitere Schäden und sind es dann vielleicht nicht nur ein paar Risse?«

Die Federländer warfen sich alarmierte Blicke zu. Auch Flora wurde plötzlich ganz flau im Magen. Das hatte bestimmt alles mit Federland zu tun. Damit, dass seine Magie noch unvollständig war und offensichtlich seltsame Auswirkungen hatte. Ließ sie etwa auch Brillenkäuze verschwinden?

»Was hat Klaro denn gesagt, bevor er los ist?«, erkundigte sich Flora vorsichtig. Sie wollte gar nicht daran denken, dass ihm vielleicht etwas zugestoßen war, dass er sich verletzt hatte und dringend Hilfe brauchte.

»Er wollte nur ›ein paar Nachforschungen‹ anstellen«, berichtete Nordis und fuhr unwirsch mit dem Flügel durch die Luft. »Ihm sei da gerade ›so ein Gedanke‹ gekommen. Das hat er mir noch zugerufen, und als ich mitwollte, hat er nur gemeint: ›Nicht nötig, ich bin gleich wieder zurück!‹ Und weg war er.«

»Da hätte er mal besser auf dich gewartet. Zu zweit wäre vielleicht gar nichts passiert«, meinte Jona.

»Wahrscheinlich hatte er irgendeine geniale Idee und wollte lieber alleine damit glänzen«, mutmaßte Nordis mit grimmigem Blick. »Manchmal hält er sich einfach für oberschlau.«

»Und jetzt hat er den Salat«, sagte Securo.

»Falsch, jetzt haben *wir* den Salat«, korrigierte Goldwing ihren Freund. »Wir müssen Klaro unbedingt finden. Und zwar nicht nur, weil er vielleicht in Gefahr ist. Sondern auch, weil wir ohne ihn die Zauber in Federland nicht aktivieren können. Dafür braucht es *alle* Federländer.«

Stimmt, das hatte Dareia ja gesagt. Eine Zeit lang herrschte Stille. Flora wollte sich gar nicht vorstellen, dass die Vollmondnacht verstrich, ohne dass sie ihre Aufgabe erfüllten.

»Das weiß Klaro«, meinte Securo schließlich leise.

»Und wenn er nicht kommen kann, weil er verletzt ist oder vielleicht irgendwo festgehalten wird?«, fügte Flora noch leiser hinzu.

»Wer sollte ihn denn festhalten?« Nordis schüttelte den Kopf, als ob dieser Gedanke völlig abwegig war. Aber wie konnten sie sich da so sicher sein?

»Wir sollten uns aufteilen und die Gegend rund um das Kloster absuchen«, schlug die Schneeeule jetzt vor, ohne Floras Antwort abzuwarten. »Hier drin habe ich schon jeden Winkel unter die Lupe genommen.«

»Warst du auch in Federland?«, wollte Goldwing wissen.

Nordis stutzte. »Federland? Warum sollte Klaro da allein hingehen?«

»Keine Ahnung«, erwiderte Goldwing. »Vielleicht ist ihm irgendwas aufgefallen. Auf jeden Fall bin ich dafür, dass wir kurz dort vorbeischauen, bevor wir uns draußen verteilen.«

Die anderen nickten und die Eulen flogen sofort über die Mauern in Richtung des Türmchens. Frau Schnabel begleitete Flora und Jona zur Tür.

»Den hier gebe ich euch mit, damit ihr nachher

wieder reinkommt«, sagte sie und hielt Flora einen langen Schlüssel hin, dessen kreisrunder Griff mit gebogenen Blattranken verziert war. »Ich hoffe so, dass ihr Klaro findet«, sagte sie noch. »Und dass dieser ganze Spuk hier bald ein Ende hat.« Dann wünschte sie ihnen viel Glück, bevor sie die Tür mit einem lauten *Rums* zuschob.

Die Eulen warteten schon im Türmchen und Flora und Jona beeilten sich, Dareias Federn an die Wand zu halten. Kaum hatten sie die leuchtenden Steine nach innen gedrückt, flatterten und stolperten die Federländer den dunklen Gang entlang. Wieder staunten sie, als sich das Zauberreich vor ihnen auftat. Dieses Grün hier mitten in dem uralten Gemäuer. Doch auch diesmal fiel Flora auf, dass alles irgendwie ... blass und gedämpft wirkte. Suchend ließ sie ihre Augen durch den Raum wandern, während die anderen sich verteilten.

Die Eulen flatterten in der großen Linde herum und Jona sah unter den Büschen nach. Flora eilte ihm zu Hilfe. Was, wenn Klaro ohnmächtig war und hier irgendwo lag? Doch sie entdeckten nicht die kleinste Spur, nicht eine einzige Feder des wissbegierigen Brillenkauzes. Enttäuscht kamen sie wieder zusammen und schauten sich ratlos an.

Da ließ ein leises Knirschen sie zusammenzucken, als ob ein Schrei die friedliche Stille dieses Orts zerstört hätte. Wie elektrisiert schnellten alle Köpfe herum zur Tür, denn nur von dort konnte dieses Geräusch kommen. Doch für Klaro war sie viel zu schwer. Er hätte es nie geschafft, sie auch nur einen Zentimeter zu bewegen. Da hörten sie es wieder. Die Tür öffnete sich noch ein Stück weiter und ...

Flora schnappte nach Luft. Ganz vorsichtig schob sich eine Hand herein! Wieder knirschte es. Der Spalt wurde breiter, ein Arm, eine Schulter erschienen. Und dann hätte Flora beinahe aufgeschrien, als sie erkannte, wer dort stand.

Paula, das Mädchen aus der Praxis! Aber diesmal hatte sie nicht ihr Meerschweinchen dabei, sondern einen kleinen Vogel!

Mit kurzen Flügelschlägen kam der hinter ihr hereingeflattert. Er sah zwar eulig, aber irgendwie auch exotisch-eulig aus. Und nicht nur klein, sondern *sehr klein.* Nun landete der Vogel auf Paulas Arm und sie legte schützend eine Hand um ihn. Mit großen Augen

schaute sie die Federländer an und die schauten mit genauso großen Augen zurück.

Flora konnte es nicht fassen. Was machte ausgerechnet *dieses* Mädchen hier? Schlagartig fielen ihr Dareias Worte wieder ein.

Ihr werdet nicht alleine bleiben …

War sie etwa die Unterstützung, die die Herrscherin angekündigt hatte? Nie im Leben hätte Flora gedacht, dass ausgerechnet *Paula* eine Eulenfreundin war, aber so musste es sein. Und zwar eine sehr gute! Sonst wäre sie nie nach Federland gelangt. Konnte sie ihnen helfen, Klaro zu finden?

9

In der Falle

Paula stand nur da und brachte keinen Ton heraus. Da ging Flora auf sie zu.

»Hallo, Paula«, sagte sie. »Wir kennen uns aus der Praxis meines Vaters.«

Paula nickte, sie erinnerte sich. Flora klärte die anderen schnell auf und stellte dann ihre Freunde vor. Erst Jona, dann die Eulen, worauf Paula leise »Hallo« sagte. Sie warf nur einen flüchtigen Blick in die Runde und vermied es, einen von ihnen direkt anzuschauen. Wahrscheinlich kam sie sich ein bisschen wie ein Eindringling vor, dachte Flora.

»Wie hast du hierhergefunden?«, wollte Jona wissen.

»Dareia ... hat mir vor ein paar Tagen von ... Federland erzählt«, berichtete Paula stockend. »Sie hat mir eine Feder gegeben, Hupsi und mir, weil ... na ja, wir haben schon einige große Aufgaben für Athenaria erledigt. Vor ein paar Stunden ist plötzlich ein kleiner gelber Vogel erschienen und hat mich zu diesem Turm gebracht. Von dort mussten wir unseren Weg allein finden. Und … das haben wir.«

Die letzten Sätze klangen etwas flüssiger, trotzdem konnte Flora bloß staunen. Paula war also wirklich eine Eulenfreundin. Und ihre Eule hieß *Hupsi?* Was für ein Name! Aber der kleine Vogel zuckte wirklich ganz schön hektisch herum auf Paulas Arm. Stillsitzen war wohl nicht sein Ding. Jetzt flatterte Hupsi los und flog neugierig von einem Eck ins andere.

»Wow, wie's hier aussieht!«, rief sie begeistert. Die hohe, fiepsige Stimme passte absolut, dachte Flora. Hupsi war eine Miniversion einer Eule mit ihrem kurzen Schwanz, dem kleinen Körper und dem runden Kopf. Nur ihre Augen wirkten im Vergleich dazu riesig und glänzten wie dunkle Kieselsteine in dem bräunlich gestreiften Gefieder.

Hupsi landete mal hier und da, aber immer nur für Sekunden, als ob sie ständig aufgescheucht würde. Die anderen schauten ihr verwundert zu.

»Woher kommt Hupsi?«, wollte Goldwing wissen. »Ich habe so eine Eule noch nie gesehen.«

Paula nickte mit leuchtenden Augen und mit einem Schlag wirkte sie gleich weniger verschlossen. »Hupsi ist nicht von hier«, erklärte sie stolz. »Sie ist ein Elfenkauz. Die gibt es eigentlich nur in Amerika und Mexiko. Ich habe sie in einem Tierpark kennengelernt. Gleich als ich sie das erste Mal gesehen habe, wusste ich, dass Hupsi etwas Besonderes ist. Sie war meine Freundin, von Anfang an. Dann ist der Park pleitegegangen und die Tiere kamen in Zoos oder wurden verkauft – wie Hupsi. Ich habe meine Eltern so lange bearbeitet, bis die sie mir geschenkt haben.«

»Dann lebt deine Zaubereule bei dir zu Hause?«, fragte Flora. Wie oft schon hatte sie sich das gewünscht!

»Na ja, nicht ganz«, gab Paula zu. »Wir haben im Garten einen alten Schuppen. Darin steht ihre Voliere. Aber sie kann auch raus, wenn sie will.«

»Ich bin ein freier Vogel«, trällerte Hupsi da und landete in tänzelnden Rechts-links-Kurven in einem lila blühenden Busch direkt neben Paula. Die dünnen Zweige hielten dem Leichtgewicht gerade noch stand. Flora musste zugeben, dass Hupsi wirklich süß aussah. Sie hatte tatsächlich etwas Leichtes und Zartes, wie eine Elfe. Aber dass sie mit ihrer quirligen Art wirklich eine gute Zaubereule war, konnte sich Flora nur schwer vorstellen. Doch als Paula wissen wollte, was es mit Federland auf sich hatte, wurde sogar Hupsi still und hörte aufmerksam zu. Erst als die Rede auf Klaro kam, fing sie wieder an, nervös hin und her zu trippeln.

»Er kann sich ja nicht in Luft aufgelöst haben!«, meinte sie. »Wahrscheinlich habt ihr nicht gründlich genug gesucht.«

Flora hörte, wie Jona neben ihr die Luft einsog. Auch sie schluckte bei Hupsis Worten. Diese kleine Kauzdame war erst vor ein paar Minuten hier gelandet und schon wusste sie alles besser?

»Vielleicht gibt es noch einen zweiten verborgenen Raum«, überlegte Paula, die Hupsis Worte gar nicht gehört zu haben schien.

»Vielleicht, vielleicht aber auch nicht«, erwiderte Nordis, die sich bislang eher ruhig verhalten hatte. »Das sind nur Spekulationen. Ich glaube, es bringt nichts, hier weiter herumzusuchen. Lasst uns lieber gehen.«

Die anderen nickten und folgten Nordis nach draußen.

Als sie wieder im Innenhof des Klosters standen, trat Frau Schnabel aus dem Säulengang. Beim Anblick von Paula und Hupsi wirkte sie kurz erstaunt, doch als Flora die beiden vorgestellt hatte, meinte sie: »Dareia hat ja erwähnt, dass ihr Verstärkung kriegt. Und die kommt genau zum richtigen Zeitpunkt, glaube ich. Wie ich sehe, hattet ihr noch kein Glück mit eurer Suche?«

Die anderen schüttelten betrübt die Köpfe.

»Wo sollen wir denn jetzt weitermachen?«, wollte Securo von Nordis wissen.

»Klaro könnte überall sein.« Die Schneeeule blickte über die Mauern Richtung Wald. »Ist vermutlich egal, wo wir anfangen.«

»Wir könnten auch noch mal kurz in die Bibliothek«, schlug Goldwing vor. »Klaro war so begeistert von den Büchern. Vielleicht war er ja dort?«

Die anderen nickten. Das könnte zu Klaro passen.

Als sie den lang gestreckten Raum betraten, fiel Flora sofort das Buch über das Kloster ins Auge. Es lag mitten auf dem Tisch.

»Habt *ihr* die Chronik rausgeholt?«, fragte Frau Schnabel. »Heute Morgen bei meinem Rundgang war hier alles aufgeräumt.«

»Wir haben gestern darin gelesen, ich habe sie dann aber ganz sicher wieder zurückgebracht«, erklärte Jona. Auch alle anderen erinnerten sich daran, wie Jona das Buch ins Regal gestellt hatte.

»Besucher waren aber heute keine in der Bibliothek«, murmelte Frau Schnabel kopfschüttelnd.

»Dann kann es nur Klaro gewesen sein«, stellte Flora fest.

»Oder es gibt einen Klostergeist!«, piepste Hupsi. Es war jedoch niemand in Stimmung für solche Witze, nicht einmal Paula.

Jona nahm die Chronik vorsichtig in die Hand und musterte sie sorgfältig.

»Hier seht mal!«, rief er plötzlich und hielt den Eulen das Buch hin. Sie hatten sich auf dem Tisch versammelt und betrachteten es nun mit schief gelegten Köpfen.

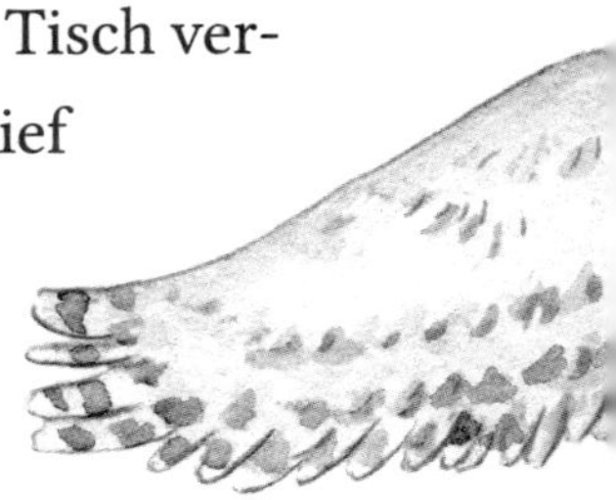

»Was ist damit?« Nordis klang leicht gereizt, denn sie dachte wohl, sie sollten was lesen.

Doch Flora hatte schon entdeckt, was Jona meinte. »Da sind Löcher«, verkündete sie aufgeregt. »Ganz, ganz kleine. Die könnten von Klaros Schnabel stammen. Hier zum Beispiel ist eins.« Sie zeigte auf den Buchrücken, der Vorder- und Rückseite des Einbands zusammenhielt. »Das hat er wahrscheinlich gemacht, als er das Buch herausgeholt hat. Und hier ist noch eins.« Sie deutete auf ein zweites Loch auf der aufgeschlagenen Seite. Dort war eine Zeichnung der alten Klosterküche zu sehen. Die Feuerstelle gab es heute natürlich nicht mehr, aber an den Dielenboden und die gewölbte Ziegelsteindecke konnte sich Flora noch erinnern.

»Was ist denn das da?« Goldwing deutete mit dem Flügel auf eine Vertiefung, in der Fässer gelagert waren.

»Wurden darin Vorräte aufbewahrt?«, fragte Flora.

Frau Schnabel nickte. »Gut möglich. Im Boden war es kühler und die Sachen hielten sich länger. Damals gab es ja noch keine Kühlschränke.«

»Bestimmt konnte man sich dort auch bei Überfällen verstecken!«, meinte Hupsi und blickte mit großen Augen in die Runde. Die Elfenkäuzin hatte wirklich eine blühende Fantasie, dachte Flora.

In der Beschreibung der Küche stand auf jeden Fall nichts zu diesem Loch im Boden, das nur mit ein paar dünnen Linien unter den breiten Holzdielen angedeutet war. Zeile für Zeile las Jona vor, was die Nonnen früher gekocht und gebacken hatten. Doch nichts davon half ihnen weiter.

»Vielleicht ist Klaro danach selbst in die Küche?«, überlegte Securo, als das Kapitel zu Ende war. »Weil er nachschauen wollte, ob es dieses Loch noch gibt?«

Flora kaute nachdenklich auf ihrer Unterlippe herum. »Das hat man doch bestimmt irgendwann zugemacht.«

»Am besten sehen wir uns selbst mal um«, beschloss Paula. »Kommt mit!«

Flora wunderte sich. Bislang war Paula eher zurückhaltend gewesen, und nun gab sie plötzlich den Weg vor? Aber eigentlich hatte sie recht. Es war wirklich am besten, wenn sie die Küche selbst unter die Lupe nahmen.

»Worauf warten wir noch?«, rief Hupsi und flatterte bereits Richtung Tür.

Flora und Jona warfen sich einen amüsierten Blick zu. Hauptsache, Hupsi war ganz vorne dabei!

Auch der Rest der Federländer beeilte sich, nach draußen zu kommen, während Frau Schnabel noch schnell das Buch ins Regal zurückstellte.

In der Klosterküche entdeckten sie jedoch keine Spur von Klaro. Sie guckten in alle Schränke, Frau Schnabel schaute sogar in der alten Eckbank nach, deren Sitzfläche man hochklappen konnte.

»Warum sollte sich Klaro auch vor uns verstecken?«, fragte Nordis. »Er weiß ja, dass wir uns Sorgen machen und ihn dringend für Federland brauchen.«

Doch plötzlich stutzte sie und bewegte ruckartig den Kopf von links nach rechts. Goldwings und Securos Ohren zuckten ebenfalls aufgeregt und selbst Hupsi wirkte wie erstarrt.

»Was habt ihr?«, flüsterte Flora.

»Klaro!«, riefen da alle Eulen wie aus einem Mund.

»Ich höre ihn!«, »Irgendwo hier unten« und »Das ist er!«, redeten sie durcheinander und drängten in die Mitte des Raums. Sie starrten auf den Boden, als ob sie Röntgenaugen hätten und Klaro dort sahen.

Flora hielt die Stille fast nicht mehr aus. Wenn sie doch auch so gute Ohren hätte und verstehen könnte, was Klaro sagte!

»Er ist sehr froh, dass wir ihn gefunden haben, denn er dachte schon, dass er nie wieder aus diesem Loch rauskäme«, berichtete Goldwing schließlich. »Dabei war er so stolz, dass sich die Holzlatten tatsächlich zur Seite geschoben haben, als er seine Zauberflügel darauf gehalten hat. Das hat er nur mal so ausprobiert und da tat sich dieses Loch auf. Aber kaum saß er drin, um es sich genauer anzuschauen, haben sich die Latten wieder zugeschoben. Immer wieder hat er seine Flügel daran gehalten, aber sie haben sich keinen Zentimeter mehr bewegt. Seitdem sitzt er da unten fest.«

»Aber wieso hüpft er überhaupt in so ein Loch?«, fragte Flora. »Was wollte er denn dadrin?«

»Na, etwas für unseren Zauber finden«, erklärte

Goldwing, als ob Flora sich das eigentlich denken könnte. »›*Altes und Neues soll sich vereinen*‹, hat Dareia gesagt. Deswegen hat Klaro sich die Chronik angeschaut, um mehr über die Vergangenheit zu erfahren. Er hat gehofft, dass in dem Loch vielleicht früher was versteckt wurde.«

»Ich verstehe nur nicht, warum sich der Boden einfach wieder zugeschoben hat«, meinte Jona kopfschüttelnd.

»Das ist wie eine Falle«, wunderte sich Paula.

»Aber wer stellt denn Zaubereulen eine Falle?«, fragte Hupsi. »Zaubereulen wollen doch helfen, die darf man nicht gefangen nehmen!«

Flora wurde ganz flau im Magen. Auf einmal beschlich sie eine dunkle Ahnung, dass vielleicht geheimnisvolle Mächte ihre Finger im Spiel hatten. Mächte, die Federland verhindern wollten. Oder passierte das alles nur, weil es nicht richtig fertig war? Dass plötzlich Fallen entstanden, Risse an den Säulen, Tiere sich krank fühlten …

»Vielleicht können wir uns darüber später Gedanken machen«, meinte Nordis ungeduldig. »Viel wichtiger ist jetzt, dass wir Klaro befreien.«

Alle nickten und schauten sich fragend an. Wie genau sollte das funktionieren?

10

Der arme Klaro

Plötzlich streckte die kleine Hupsi ihre Flügel aus und richtete sie auf Klaros Gefängnis. Sie schloss die Augen und murmelte etwas vor sich hin, wovon Flora immer nur ein vernuscheltes »Öffnen« verstand. Aber nichts tat sich.

»Lass mich mal«, drängte Nordis sie zur Seite und hielt ihre Schwingen ebenfalls auf den Boden. Aber auch sie hatte keinen Erfolg.

»Vielleicht wenn ihr es alle zusammen versucht?«, schlug Flora vor. »Gemeinsam seid ihr sicher stärker.«

Die vier Eulen schauten sich an, bildeten dann einen Kreis und streckten die Flügel aus. Flora ballte die Hände zu Fäusten, während die goldenen Federn der Eulen zitternd vor Anstrengung auf den Holzlatten ruhten. So sehr wünschten sie sich alle, dass Klaro wieder freikam! Doch leider vergeblich.

»So ein Mist!«, schimpfte Jona. »Was können wir denn tun?«

Darauf wusste niemand eine Antwort. Ratlos starrten die Federländer vor sich hin.

»Ich … ich muss nach Hause«, meinte Paula schließlich leise.

Flora schaute sie verdutzt an. Wie konnte sie jetzt so was sagen? Aber ein Blick auf die Uhr ließ sie vor Schreck zusammenfahren. Sie sollte eigentlich auch schon längst zurück sein. Sie hatte ihrem Vater ja versprochen, nach Wuschel zu schauen. Doch der Gedanke, nun zu gehen, während Klaro da unten festsaß, brach ihr fast das Herz.

»Es ist zwar schrecklich, aber ich sollte auch los«, gestand sie. »Wir kommen heute Nacht wieder, so früh wie möglich. Dann *muss* uns was einfallen.«

»Ich bleibe solange hier.« Nordis hüpfte noch ein bisschen näher an Klaros Gefängnis und legte ihre schneeweißen, schwarz getupften Flügel darauf. Als ob sie ihren Freund beschützen wollte. »Dann ist Klaro nicht allein.«

»Und ich bin ja auch noch da«, schloss Frau Schnabel sich an. »Wir kümmern uns um Klaro, damit er sich nicht so einsam fühlt. Wenn ihr wieder zurück seid, werdet ihr sicher einen Weg finden, ihn zu be-

freien. Vergesst nicht: Die Herrscherinnen haben euch auserwählt. Ihr seid Federländer und ihr werdet es schaffen!«

Sie legte den Arm um Flora und lächelte ihr aufmunternd zu. Hoffentlich hatte Frau Schnabel recht! Denn Flora wurde mit jeder Minute mulmiger zumute. Heute Nacht würde der Mond voll und rund am Himmel stehen. Das war ihre letzte Gelegenheit, Federland zum Leben zu erwecken ...

Zu Hause hatte Flora Glück. Ihr Vater war noch nicht zurück und Felix hing vor dem Fernseher.

»Wo ist denn Papa?«, fragte Flora. Doch ihr Bruder

schien sie gar nicht zu hören. Da stellte sich Flora direkt vors Bild und wiederholte ihre Frage.

Felix protestierte mit wildem Gefuchtel und erklärte unwirsch, dass ihr Vater nach der Arbeit zu einem Hund mit Hexenschuss gerufen worden war.

Flora war erleichtert. Es war also gar nicht aufgefallen, dass sie so spät heimgekommen war. Schnell ging sie nach unten, um nach Wuschel zu schauen. Er blickte sie richtig wach an, als sie den Käfig öffnete. Und dann schleckte er sogar gierig, als sie ihm die Spezialnahrung mit der Spritze ins Maul träufelte. Das musste sie später unbedingt Paula erzählen.

Da hörte sie, wie die Praxistür ins Schloss fiel. »Ich bin hier hinten!«, rief Flora nach draußen.

»Wie schön, dass du dich so gut um den Kleinen kümmerst«, freute sich ihr Vater, als er ins Überwachungszimmer kam. »Ich finde, er wirkt schon viel munterer.«

»Das ist er auch«, bestätigte Flora. »Sieh nur, wie es ihm schmeckt.« Sie spritzte ihm noch mal ein bisschen von dem Brei ins Maul und ihr Vater lächelte, weil das Meerschweinchen so eifrig mümmelte.

»Jetzt bekomme ich auch Hunger«, meinte er. »Wie wäre es mit ein paar Küchenkönig-Faltin-Spezialeiern?«

Da musste Flora, trotz aller Sorgen um Klaro, richtig lachen. Ihr Vater, der Küchenkönig! Das war lustig, denn mit seinen Kochkünsten war es wirklich nicht sehr weit her.

»Wenn der König kocht, wer würde da schon Nein sagen?«, erwiderte sie, schloss die Käfigtür und folgte ihrem Vater nach oben.

Herr Faltin briet fast immer, wenn Floras Mutter abends weg war, seine berühmten Spiegeleier. Mit richtig knusprigem Speck. Floras Mutter meinte jedes Mal, dass es danach in der Wohnung wie in einer Imbissbude roch.

Normalerweise schaffte Flora locker zwei, manchmal sogar drei Spiegeleier, aber jetzt war sie nach einem schon satt.

»Magst du meine Küchenkönig-Eier heute nicht?«, fragte ihr Vater enttäuscht.

»Doch, doch«, versicherte Flora. »Ich bin nur müde und habe keinen großen Hunger.«

Ihr Vater nickte und legte den Arm um sie. »Ich bin mir sicher: Mit der richtigen Portion Schlaf hast du morgen wieder Appetit wie ein Flusspferd.«

Flora nickte, doch sie dachte: vor allem mit der richtigen Portion Glück. Denn die brauchten sie, um Klaro zu retten. Der arme Kauz ging ihr nicht aus dem Kopf.

Wie konnte sie denn fröhlich Spiegeleier essen, während er in diesem Loch hockte? Und an Schlaf war sowieso nicht zu denken. Sie fühlte sich kein bisschen müde, dafür war sie viel zu aufgeregt. Sie fragte sich, ob Nordis in der Zwischenzeit vielleicht eine Idee gehabt hatte? Flora fiel einfach nichts ein, sosehr sie sich auch das Gehirn zermarterte. Voller Sorge dachte sie daran, was passieren würde, wenn sie in der Vollmondnacht ohne Klaro wären. Würde Federland dann einfach wieder vergehen? Würden alle Blumen verwelken, die Linde verdorren und es am Ende keine Magie für ihre großen Aufgaben geben? All die Mühe der Herrscherinnen wäre umsonst gewesen. Das konnte doch nicht sein!

Mit klopfendem Herzen und brennend vor Ungeduld, lag Flora in ihrem Bett. Sosehr sie sich vorher über den Kulturabend ihrer Mutter gefreut hatte, so sehr ärgerte sie sich nun. Es kam ihr wie eine halbe Ewigkeit vor, bis sie endlich die Wohnungstür ins Schloss fallen hörte. Gleich darauf schaute ihre Mutter noch mal in Floras Zimmer. Sie stellte sich wie immer schlafend und achtete darauf, tief und regelmäßig zu atmen. Darin war sie mittlerweile richtig gut.

Mit aller Kraft zwang sie sich, nicht sofort aus dem

Bett zu springen, als sich wenig später die Schlafzimmertür ihrer Eltern schloss. Sie musste noch ein bisschen warten, um wirklich sicherzugehen, dass sie eingeschlafen waren. Doch schließlich hielt Flora es nicht mehr aus. Sie schlüpfte aus dem Bett, zog sich leise an, schnappte sich den Schlüssel fürs Kloster und schlich aus der Wohnung. Im Garten sah sie schon von Weitem Goldwings Augen durch das dunkle Grün der Tannen schimmern. Kaum war Flora bei ihr, flog die kleine Eule sofort los. Es war klar: Auch Goldwing wollte keine Minute verlieren!

11

Hupsi ist die Größte!

Mit zitternden Händen schloss Flora die Klostertür auf. Sie wünschte sich so, dass Klaro vielleicht schon wieder frei war. Doch als sie mit Goldwing in die Küche trat, sah sie sofort, dass dies nicht der Fall war. Frau Schnabel, Paula und Jona saßen mit ernsten Mienen am Tisch. Und die Eulen hockten mit hängenden Köpfen um Klaros Gefängnis herum. Auf Floras leises »Hallo« erklang nur Gemurmel. Die gedrückte Stimmung schwebte wie eine dunkle Wolke im Raum.

Da reckte Goldwing die Brust vor. »Vielleicht gibt es ja einen geheimen Mechanismus in der Küche, der das Loch wieder öffnet.« Sie flatterte auf die Eisenstange, an der die alten Schöpfkellen und Siebe hingen, und von dort auf den Küchenschrank, hinter dessen Glasscheiben weiße Teller mit grünen Blüten zu Türmchen gestapelt waren.

Securo eilte Goldwing zu Hilfe und gemeinsam untersuchten die beiden jede Schublade und jeden Winkel. Flora war stolz auf Goldwing, die den Kopf nicht hängen ließ, sondern unverdrossen nach einer Lösung suchte. Sie und Securo waren wirklich ein gutes Team. Nordis dagegen blieb am Boden hocken, während Hupsi vor sich hin plappernd wild im Raum herumschoss. Einmal landete sie sogar in ihrem Eifer auf der Zuckerdose und fegte dabei den Deckel herunter.

»Schon bemerkenswert, dass eine der kleinsten Eulen so viel Wirbel macht«, meinte Frau Schnabel. »Beim Jagen wäre dieses Geplappere nicht besonders hilfreich, aber wer sich von Käfern, Spinnen und Tausendfüßlern ernährt, muss natürlich nicht leise sein. Die haben ja keine Ohren.«

»Genau, da muss man vor allem klein sein«, bestätigte Paula. »Und Hupsi kann sich richtig schlank machen. Sie kommt in jede Ritze rein.«

Wenn Hupsi doch nur zu Klaro reinkönnte, dachte Flora. Auch sie zog Schubladen auf und drückte an der Wand herum, aber nichts tat sich. Da trat Paula neben sie.

»Wie geht es eigentlich Wuschel?«, fragte sie leise. Sie schaute Flora etwas unsicher an, als ob sie wusste, dass jetzt nicht unbedingt der richtige Zeitpunkt für diese Frage war.

Flora lächelte. Natürlich verstand sie, dass Paula sich trotz allem Sorgen um Wuschel machte. Als sie ihr erzählte, dass es dem Meerschweinchen schon viel besser ging, trat ein Leuchten in Paulas Augen.

Doch bevor Flora ihr sagen konnte, dass Wuschel sicher schon bald wieder nach Hause durfte, hörte sie Nordis fragen: »Hast du eigentlich wirklich nur mal schauen wollen, ob in diesem Loch was von früher versteckt ist? Oder hast du etwas Bestimmtes gesucht?«

Die Schneeeule starrte auf den Boden, als ob Klaro dort direkt vor ihr säße und nicht da unten in seinem Verließ. Die anderen Eulen flatterten herbei, um sich Klaros Antwort nicht entgehen zu lassen. Die dauerte jedoch ganz schön lang.

»Klaro wollte nicht nur ein bisschen rumstöbern«, erklärte Goldwing schließlich. »Ihm ist dieses Goldene Buch, das Dareia erwähnt hat, nicht mehr aus dem Kopf gegangen. Wenn wir das hätten, würden wir vielleicht wissen, was wir zu tun haben, dachte er. Dareia hat gesagt, dass dort alles zu Federland drinsteht. Da hat er sich plötzlich an ein Bild aus der Chronik erinnert, als er Jona beim Durchblättern zugeschaut hat. Es war aus einer der alten Bibeln des Klosters und hat den Anfangsbuchstaben B verziert.

Ausgerechnet B, hat Klaro gedacht. *B wie Buch!* Das Bild hat einen Turm mit Wetterfahne gezeigt und daneben eine Eule. Der Turm sah genau aus wie der, den Klaro von der Lichtung im Wald kennt. Ihm kam das alles erst später wieder in den Sinn und er wollte sich das Bild noch mal in Ruhe anschauen. Aber dann hat er die Zeichnung von der Küche entdeckt. Mit diesem Loch im Boden. Und das sah so deutlich nach einem Versteck aus, dass er das sofort überprüfen musste.«

Eine Weile war es ganz still im Raum, während alle über Goldwings Worte nachdachten.

»Ich möchte mir dieses Bild mit dem Turm auch mal ansehen. Kommt jemand mit?«, unterbrach Jona schließlich das Schweigen.

Alle nickten, Nordis als Letzte. Sie schien ihren Platz bei Klaro nur ungern aufzugeben, erklärte ihm aber dann, was sie vorhatten.

In der Bibliothek holte Jona das Buch aus dem Regal und blätterte es mit fliegenden Fingern durch. Da! Das war das Bild, das Klaro erwähnt hatte. Erst jetzt fiel ihnen das feine Loch auf, das sein Schnabel auf der Seite hinterlassen hatte.

Schweigend starrten alle auf das winzige Gemälde mit dem tiefblauen Nachthimmel und den glitzernden

Sternen neben dem Mond, dessen Licht auf den Turm mit seiner Fahne herabströmte.

»Die Eule fliegt nicht nur, die starrt irgendwie«, stellte Paula fest.

Flora ging ein bisschen näher ran. Das stimmte! Paula hatte wirklich ein scharfes Auge. Das war niemand aufgefallen. Aber warum starrte die Eule so auf diesen Turm?

»Gibt es was Besonderes auf der Lichtung?«, wollte Hupsi wissen. »Wir waren da noch nie.«

»Ich finde, es ist ein magischer Ort«, erklärte Flora. »In einer der Mauern habe ich damals den Ring gefunden, mit dem ich Goldwing zum ersten Mal verwandelt habe.«

»Vielleicht hat dieses Bild wirklich was zu sagen«, meinte Nordis. »Wir sollten hinfliegen und uns mal umschauen.«

»Es kann natürlich auch *irgendein* Turm mit Fahne sein«, wandte Paula ein. »Und dass nachts Eulen herumfliegen, muss nicht unbedingt etwas bedeuten.«

»Ja klar«, gab Nordis ihr recht. »Aber ich will mir das trotzdem mal ansehen. Ihr müsst auch nicht mit.«

Aber natürlich wollte Hupsi um nichts in der Welt hierbleiben. Dazu war sie viel zu neugierig. Und Paula natürlich genauso.

Frau Schnabel verwandelte Nordis zurück und gab Flora die beiden Steine mit. Auch die anderen verwandelten ihre Eulen, bis alles Gold aus ihren Flügeln verschwunden war. Dann machten sie sich gemeinsam auf den Weg.

»Woher wusstest du damals, dass der Ring in der Mauer versteckt war?«, fragte Paula, als sie das Kloster verlassen hatten.

Da erzählte Flora ihr von dem alten Herrn Weiß, der früher selbst mal ein Eulenfreund mit einer Zaubereule gewesen war. Und von seinem Brief, der sie zur Lichtung geführt hatte, zu dem *Ort, der schon immer ein Ort für Eule und Mensch gewesen ist,* wie er geschrieben hatte. Plötzlich kam Flora ein Gedanke.

»Vielleicht hat er gar nicht nur Eulen gemeint, sondern *Zaubereulen?*«, überlegte sie laut. Darauf war sie bislang noch nie gekommen.

Jona schaute sie lange an. »Möglicherweise haben auch im Kloster Zaubereulen gelebt. Die Burg war zur Zeit des Klosters voll in Betrieb. Könnte ja sein, dass es hier *und* dort Zaubereulen gegeben hat. Dass da irgendeine Verbindung bestand.«

»Was meinst *du* denn?«, wandte sich Flora an Paula, die bislang geschwiegen hatte.

»Burg und Kloster waren sicher wichtige Orte damals«, erklärte sie nach kurzem Zögern. »Und sicher gab es auch Eulen. Wald und alte Mauern, da fühlen sie sich wohl. Aber ob es Zaubereulen waren? Das können wir bloß vermuten.«

Flora und Jona schauten sich an. Da hatte Paula natürlich recht. Aber vielleicht fanden sie das eines Tages noch heraus?

Kaum hatten sie die Lichtung erreicht, kam Nordis angeflogen und setzte sich auf ein Stück verfallene Mauer. Sie blickte links und rechts an sich herab, aber Flora wusste auch so, was die Schneeeule wollte. Schnell holte sie die beiden Goldklumpen aus ihrer Hosentasche und hielt sie Nordis auf die Flügel. Ganz fest drückte Flora ihre Hände zusammen, dann murmelte sie die magischen Worte. Hoffentlich funktionierte es!

Erleichtert sah sie, wie sich Nordis' Federn zu färben begannen. Auch die anderen Eulen verwandelten sich. Flora ließ ihren Blick über Nordis' große weiße Schwingen gleiten bis hin zu Hupsis fingerlangen Flügelchen. So verschieden waren die Federland-Eulen, die nun gemeinsam über die Lichtung schwärmten, während der Mond wie eine silberne Kugel über ihnen schwebte. Nicht das kleinste Stückchen fehlte mehr daran, voll und rund hing er am Himmel. Sein Anblick legte sich wie eine zentnerschwere Last auf Floras Brust. Heute war die alles entscheidende Nacht für Federland! Sie *mussten* Klaro befreien!

Gemeinsam mit Jona und Paula ging sie zum Turm, auf dem ein Schild darauf hinwies: *Einsturzgefahr, betreten verboten!* Zur Sicherheit war der Eingang durch ein hohes Eisentor verschlossen. Aber die Eulen zwängten sich durch die Stäbe, um sich von innen alles anzusehen. Nachdem sie dort nichts entdeckt hatten, untersuchten sie den Turm von außen. Als Flora Goldwing so sah, musste sie an das Bild in der Chronik denken. Nur dass die Eule dort keine goldenen Federn gehabt hatte. Auch Hupsi stand mit blitzschnellen Flügelschlägen vor dem Turm in der Luft.

»Da steckt was, das glänzt!« Goldwing deutete auf eine Stelle zwischen den Steinen. »Aber ich komme nicht ran!«

Da fielen Flora Paulas Worte ein. Dass Hupsi in die kleinste Ritze passte. »Hupsi, meinst du, du könntest ...«, rief Flora, wurde aber von der Elfenkäuzin sofort unterbrochen.

»Ich bin klein, *ich* komm da rein!«, piepste sie und ihre Stimme überschlug sich fast vor Eifer.

Flora konnte sich ein Lachen nicht verkneifen und auch Paula freute sich. Sie war sichtlich stolz auf ihre mutige, kleine Eule.

Gespannt beobachteten alle, wie sich die Elfenkäuzin zwischen zwei dicke Mauerquader zwängte, bis nur noch ihr Schwanz herausschaute. Aufgeregt zitterte er hin und her und Flora bekam schon Angst, dass Hupsi es vielleicht nicht schaffte. Aber da schob sie sich wieder heraus, gaaanz langsam.

Dabei hielt sie tatsächlich etwas im Schnabel. Wie ein Schatz glänzte da ein goldenes Plättchen im Licht des Mondes!

Flora strahlte. Die kleine Hupsi war die Größte!

12

Ein kostbarer Schatz

Die Elfenkäuzin flatterte mit ihrem Fund zu Paula und legte ihr das Plättchen in die Hand. Die nahm es zwischen die Finger und betrachtete es von allen Seiten. Es schimmerte golden und hatte ungefähr die Größe einer Zwei-Euro-Münze. Allerdings eine mit einem Loch in der Mitte.

»Darf ich auch mal?«, fragte Flora, die es vor Neugier fast nicht mehr aushielt. Sie nahm Paula das Plättchen ab und stellte erstaunt fest, dass das Loch die Form einer Blüte hatte. Eine, die Flora noch nie gesehen hatte. Auch Jona und Paula kannten sie nicht und sie beschlossen, in der Klosterbibliothek nachzuforschen. Bei so vielen Büchern musste schließlich auch eins über Blumen dabei sein!

So schnell sie konnten, gingen sie zurück. Flora presste dabei die ganze Zeit die Finger fest um ihren Fund. Was hatte er zu bedeuten? Sicher war das Plättchen nicht ohne Grund hier versteckt worden. Eigentlich konnte das auch nur ein Vogel getan haben, denn kein Mensch kam von außen an diese Stelle heran. War es tatsächlich eine Eule gewesen? Wenn ja, warum hatte sie das getan? Und konnten sie damit jetzt Klaro irgendwie helfen?

Zurück im Kloster, gingen sie sofort in die Bibliothek. Doch als sie die unzähligen Bücher vor sich sahen, wussten sie gar nicht, wo sie anfangen sollten. Flora, Jona und Paula studierten die Titel auf den Buchrücken, soweit sie die entziffern konnten. Die Eulen flogen währenddessen herum, schauten sich die Wände, das alte Schreibpult und den Erker mit den bunten Fenstern an. Vielleicht gab es irgendwo einen Hinweis auf diese Blume? Plötzlich ließ ein einziges Wort von Nordis alle herumfahren.

»Da!«, hatte die Schneeeule gerufen. Sie saß auf der Armlehne eines Stuhls und starrte auf den Tisch. Jetzt hüpfte sie auf die Steinplatte, trat aufgeregt von einem

Bein aufs andere und deutete mit dem Flügel auf die hölzerne Einfassung. Als die anderen zu ihr eilten, sahen auch sie, was Nordis aufgescheucht hatte. Das Holz war mit hellen Blattranken verziert, dazwischen gab es Blüten.

»Die sehen ja aus wie die in dem Plättchen!«, rief Jona. Flora stockte der Atem. Tatsächlich! Aber an der Stelle, auf die Nordis' Flügel zeigte, war die Blüte nicht ins Holz eingearbeitet, sondern nur aufgemalt. Und zwar in einer kreisrunden Mulde!

»Glaubt ihr …?«, fragte Flora, sprach den Satz jedoch nicht zu Ende, sondern schaute in die Runde. Mit zitternden Händen holte sie das Plättchen aus der Hosentasche.

»Ja klar«, antwortete Nordis und auch Paula drängte: »Nun mach schon!«

Flora zwang sich, ihre Hand ruhig zu halten. Vorsichtig schob sie das Plättchen in die Aushöhlung. Es passte wie angegossen!

Sie drückte noch mal nach, um sicherzugehen, dass es auch wirklich fest darin lag. Doch nichts tat sich. Keine geheime Schrift erschien, kein Stück Wand leuchtete auf, kein Zentimeter des Tisches bewegte sich. Trotzdem spürten alle ganz genau, dass dieses Plättchen hierhin gehörte, dass es wie der Schlüssel für ein geheimes Schloss war. Aber nirgendwo öffnete sich eine Tür ...

Warum schickten die Herrscherinnen jetzt nicht die Goldammer mit einer Botschaft, um ihnen zu helfen? Oder warum kam Dareia nicht selbst? Ihre Worte klangen Flora noch in den Ohren. Dass Aufgaben auf sie warteten, für die die Kraft *mehrerer* Freunde und *verschiedener* Zaubereulen notwendig war ...

Da flüsterte Jona neben ihr: »Los, wir alle zusammen!«

Offenbar schien er denselben Gedanken gehabt zu haben. Auch die anderen hatten verstanden. Flora, Paula und Jona reichten sich die Hände und streckten sie den Eulen auf dem Tisch entgegen. Flora schloss die Augen, spürte Goldwings seidig glatte Flügelspitze und versuchte, sich ganz auf diesen Moment zu konzentrieren.

»Für Federland!«, entfuhr es ihr da. Es war, als ob jemand anderes gesprochen hätte, eine fremde Stimme. Vor lauter Verwunderung kniff Flora die Augen noch ein bisschen fester zusammen. Wie ein Zauberspruch hingen diese zwei Worte in der Luft.

»Für Federland«, flüsterte jetzt auch Jona. Und dann taten es ihm alle nach.

»Für Federland«, klang es durch den Raum.

Flora spürte, wie ihr vor Freude ganz heiß wurde. Hier standen sie – alle Federländer mit vereinter Kraft!

Plötzlich drang aus dem Tisch ein Quietschen, als ob unsichtbare Hände an ihm zerrten. Er begann zu wackeln, immer stärker, und mit einem Mal ... schob sich die Steinplatte in der Mitte zur Seite! Ächzend langsam und nur ein Stück, aber weit genug, dass es daraus hervorleuchtete. Wie gebannt starrte Flora auf diesen strahlenden Spalt, unfähig, sich auch nur einen Zentimeter zu bewegen.

Doch Paula schien weniger beeindruckt zu sein. Beherzt griff sie hinein, um diesen Moment nicht ungenutzt verstreichen zu lassen.

Ganz langsam und vorsichtig, entwand sie dem Tisch sein Geheimnis. Ein Geheimnis mit dickem Ledereinband ...

Es war ein Buch! Leuchtende Wellen züngelten wie goldene Schlangen darüber und auch die Ränder der Seiten strahlten golden. Niemand sagte ein Wort, allen war klar, welchen Schatz sie hier gefunden hatten: *Das Goldene Buch der Zaubereulen!*

Paula legte es auf den Tisch und schlug vorsichtig die erste Seite auf. Ein zusammengerafftes Stoffsäckchen kam zum Vorschein, das wie ein Lesezeichen mit einem Seidenband festgemacht war. Mit kleinen

Stichen war darauf eine goldene Feder eingestickt. Flora nahm das Säckchen in die Hand und betastete es. Der Inhalt fühlte sich an wie feines Pulver, fast wie Mehl.

»Das können wir uns nachher noch anschauen«, meinte Paula und deutete auf die Seite. »Ich will erst mal wissen, was hier steht.«

Doch sie konnte die Worte, die in einer fremden alten Schrift geschrieben waren, nur bruchstückhaft entziffern. Flora versuchte zu helfen, aber auch sie hatte Mühe.

»Toll, jetzt haben wir das Buch gefunden, können es aber nicht lesen«, beklagte sich Nordis und fuchtelte unwirsch mit dem Flügel durch die Luft. Auch eine Schneeeule war nicht *immer* cool, dachte Flora.

»Lass mich mal.« Jona nahm Paula vorsichtig das Buch ab. »Wir hatten in Deutsch mal so altes Zeugs. Vielleicht versteh ich ja was.«

Stirnrunzelnd überflog er die ersten Seiten, las sich dann fest und murmelte ab und zu ein Wort vor sich hin. Flora dachte, wie gut es war, dass er etwas älter war und schon mehr wusste. Alle starrten gebannt auf Jona. Als Flora es fast nicht mehr aushielt, sagte er: »Ich glaube, ich hab's. Hört mal zu: Das Kloster war früher ein Schutzort für Zaubereulen. Doch eines

Tages hat hier ein schrecklicher Brand gewütet. Die Nonnen mussten in ein Nachbarkloster ausweichen, bis alles wieder repariert war. Die Zaubereulen versteckten sich solange in der Burg. Als alle wieder im Kloster zurück waren, bemerkten sie dort mit einem Mal seltsame Dinge. Plötzlich waren überall ... Fallen. Immer wieder verschwand eine Zaubereule und war wie vom Erdboden verschluckt. Als ob irgendwelche geheimen Mächte die Eulen auf diese Weise außer Gefecht setzen wollten. Es hat manchmal ganz schön lange gedauert, die Verschwundenen zu finden und zu befreien.« Jona blätterte um und studierte die nächste Seite. In Floras Kopf wirbelten die Worte herum wie Laub im Herbstwind. Es hatten tatsächlich Zaubereulen im Kloster gelebt! Aber was hatte es mit diesen Fallen auf sich?

Jona räusperte sich. »Dann war dieser Spuk plötzlich wieder vorbei, keiner wusste, warum. Aus Angst, dass möglicherweise später noch einmal eine Zaubereule aus Versehen in so eine Falle geriet, wurde dieses Buch mit Spezialkräften ausgestattet. Dafür haben sich die damaligen Herrscherinnen mithilfe einer besonderen Magie Goldstaub aus ihren Zauberfedern geschüttelt und ihn in diesem Säckchen aufbewahrt. Dieser Staub ist stärker als jede Falle, muss jedoch sparsam verwendet werden, denn nur er ist bei der jahrhundertealten Magie wirksam. So wie auch nur ein alter Schlüssel in ein altes Schloss passt. Und wenn man keinen Schlüssel mehr hat, kann man auch die Tür nicht mehr öffnen.«

»Aber jetzt haben wir den Schlüssel!«, rief Goldwing. »Jetzt können wir Klaro befreien!«

»Und damit warten wir keine Sekunde länger«, entschied Paula, schlug das Buch zu und stürmte los Richtung Küche. Dort angekommen, versuchte sie sofort, das Säckchen zu öffnen. Aber das war ziemlich schwierig, wenn sie gleichzeitig noch das Buch halten musste.

»Zu zweit geht's manchmal besser«, meinte Nordis und nickte mit dem Kopf zu Flora. Paula schaute die Schneeeule erstaunt an, aber dann lächelte sie.

»Ja klar.« Sie hielt Flora das Buch hin und Flora zwinkerte ihr zu. So was war für Paula vielleicht nicht selbstverständlich, aber Flora wusste, sie würde alles geben, um anderen zu helfen. So wie sie das jetzt bei Klaro tun würden.

Flora holte tief Luft und griff mit zitternder Hand in das Säckchen. Dieser jahrhundertealte Goldstaub kam ihr kostbarer vor als eine Kiste Diamanten. Ganz, ganz fein fühlte sich das an – wie Sand. Mit Daumen und Zeigefinger holte sie ein bisschen davon heraus, während ihr Herz immer schneller raste. Behutsam ließ sie die Körnchen auf die Planken rieseln, die Klaros Gefängnis verschlossen. Kaum hatten die Kristalle das Holz berührt, stiegen sie wieder auf, schwebten dicht über dem Boden, als würden sie von einem geheimnisvollen Wind getragen. Dann bündelten sie ihr Leuchten wie einen Strahl, der sich auf die Planken richtete, als ob er sie durchbohren wollte. Plötzlich gab es einen dumpfen Knall. Alle zuckten zusammen und Hupsi flüchtete sich mit einem ängstlichen »Huch« auf Paulas Schulter. Gebannt beobachteten sie, wie sich die Holzdielen zurückschoben, Zentimeter für Zentimeter.

Kaum war der Spalt groß genug, streckte Klaro seinen Kopf heraus. Sichtlich geschwächt, flatterte er heraus und landete schliddernd neben den Federländern, die sich voller Freude um ihn scharten.

»Du hast es geschafft!«, jubelte Flora und hätte den Brillenkauz am liebsten in die Luft gehoben, so erleichtert war sie. Auch Paula und Jona strahlten, während die Eulen sich dicht an Klaro drängten.

»Was für ein Glück, dass dir nichts passiert ist«, meinte Nordis und legte schützend einen Flügel um ihren Freund.

»Und was für ein Glück, dass wir dieses Buch gefunden haben«, fügte Goldwing hinzu.

Klaro hob neugierig den Kopf, um einen Blick darauf zu erhaschen. »Ich war also doch auf der richtigen Fährte«, meinte er mit ein bisschen Stolz in der Stimme.

»Ja, aber in Zukunft keine Alleingänge mehr«, verlangte Nordis und Klaro nickte heftig.

»Wenn wir dich nicht befreit hätten, wär's das gewesen mit Federland.« Paula klang ein bisschen vorwurfsvoll. »Dann hätten wir es vielleicht nicht mehr rechtzeitig geschafft.«

»Aber das werden wir«, beschwichtigte Jona und vertiefte sich sofort wieder in das Buch. »Denn hier erfahren wir nun hoffentlich, was wir zu tun haben.«

13

Ein Netz aus Gold

Jona blätterte mit fliegenden Fingern die Seiten um und studierte die Überschriften.

»Lauter Zaubersprüche, die wohl irgendwann mal wichtig waren«, murmelte er. »Geschichten von Höhlen, Quellen, einem Luchs, sogar irgendwelchen Käfern ...« Jona blätterte und blätterte, bis er plötzlich »Hier!« rief. Er deutete auf eine Seite mit goldenen Federn, die wie Schneeflocken über das vergilbte Papier zu schweben schienen. Zwei standen gekreuzt ganz oben neben ein paar krakeligen Buchstaben.

»Federland!«, konnte sogar Flora entziffern.

»Und das Zeichen vom Kloster«, fügte Paula aufgeregt hinzu. Flora nickte. Ja, dieses Zeichen hatte ihnen den Weg gewiesen.

»Eine Gruppe mit Zauberkraft«, murmelte Jona vor sich hin.

»Was für eine Gruppe?«, wollte Klaro sofort wissen.

»Hier steht leider nicht so viel Neues«, murmelte Jona, als ob er Klaros Frage gar nicht gehört hätte. »Nur das, was wir schon von Dareia wissen. Dass alle Zauber, die die Ureule und spätere Herrscherinnen geschaffen haben, eines Tages nachlassen können. Wie bei einem alten Haus, dessen Dach irgendwann undicht wird und repariert werden muss. Dafür braucht es eine starke Gruppe mit einem eigenen Reich in der Menschenwelt. Und das soll Federland heißen!« Jona schaute auf.

»Diese starke Gruppe sind wir!« Klaro reckte stolz die Brust vor und Flora konnte sich ein Schmunzeln nicht verkneifen.

»Deine Stärke bestand bisher darin, dass du dich eingesperrt hast«, erinnerte ihn Nordis. Da wandte sich Klaro beleidigt ab und starrte zu Boden. Das hatte er natürlich nicht hören wollen.

»Und was soll diese starke Gruppe genau tun?«, überging Goldwing Nordis' Bemerkung.

»Tja, dazu steht hier bloß, dass es an diesem magischen Ort alles geben soll, damit die Federländer nachlassende Zauber erneuern können«, fuhr Jona fort. »Denn wenn dies nicht geschieht, bedeutet das eine Gefahr für Athenaria und alle Zaubereulen. Deswegen müssen die Herrscherinnen ihr Wissen weitergeben, damit Federland jederzeit errichtet werden kann.«

»Aber wie das geschehen soll, steht nicht dadrin?«, fragte Paula erstaunt.

Jona schüttelte den Kopf. »Nein, das soll nur erzählt werden. Es wäre sonst zu gefährlich, falls das Buch einmal in falsche Hände gerät.«

»Auf jeden Fall hat Dareia gesagt, dass die Zauber nachlassen. Deswegen mussten sie Federland erschaffen«, stellte Klaro fest. »Damit wir unsere Aufgaben angehen und helfen können, Athenaria zu schützen.« Mit leuchtenden Augen schaute er in die Runde. Diese Aussicht ließ ihn offensichtlich sogar Nordis' Bemerkung vergessen.

»Aber davor müssen wir Federland erst einmal zum Leben erwecken«, erinnerte ihn Securo. »Und wie machen wir das?« Die Waldohreule blickte fragend zu Jona. Doch der zuckte nur mit den Schultern.

»Hier steht auch bloß das, was Dareia schon gesagt hat. Dass sich in Federland Alt und Neu verbinden soll.«

Stille senkte sich über den Raum. Nordis wischte mit dem Flügel auf dem Boden herum, während Goldwings und Securos Ohren in alle Richtungen zuckten und Hupsi auf und ab trippelte. Jede Eule hatte ihre eigene Art nachzudenken. Auch Flora versuchte angestrengt, Ruhe in ihren Kopf zu bekommen.

»Es könnte doch sein, dass *wir* das Neue sind und das Buch das Alte, ein Teil der Zaubereulen-Vergangenheit«, meldete sich da Goldwing zu Wort.

»Aber warum wusste das Dareia dann nicht?«, fragte Flora. »Sie hat schließlich gesagt, man braucht das Buch nicht, weil sowieso alles von Herrscherin zu Herrscherin erzählt wird.«

»Vielleicht ging beim Erzählen irgendwann was verloren«, meinte Goldwing.

Hupsi, die immer aufgeregter herumgetrippelt war, hielt es nun nicht länger am Boden. »Warum quatscht ihr so viel? Ist doch alles klar! Wir müssen nach Federland! Oder wollt ihr warten, bis der Mond ins Bett geht?«

Mit hektischen Flügelschlägen verharrte sie in der Luft und nickte Richtung Tür. Flora war sich gar nicht sicher, ob wirklich alles so klar war, aber sie durften jetzt wirklich keine Zeit mehr verlieren. Schließlich hatten sie nur noch ein paar Stunden, danach war alles zu spät.

»Natürlich wollen wir das *nicht!*«, erwiderte Klaro empört auf Hupsis Frage und segelte an ihr vorbei nach draußen. Hupsi schüttelte den Kopf und sauste hinterher. Die anderen beeilten sich, den beiden nachzukommen.

Doch als sie dann in ihrem Zauberreich standen, hatten sie keine Ahnung, was *genau* sie nun tun sollten. Ratlos schauten sie sich um. Gab es irgendeinen Hinweis? Doch weder die Regenbogenblumen noch der rote Zierapfelbaum oder der große Kristall lieferten irgendeinen Anhaltspunkt.

»Vielleicht ist ja die Linde der Schlüssel zu allem«, überlegte Jona. »In Athenaria gibt es schließlich auch eine und dann noch die bei uns am Wald, von der aus wir losfliegen, wenn die Herrscherinnen uns rufen.« Nachdenklich hielt er das Buch an die glatte Rinde des Baums. »Das Alte und das Neue«, murmelte er. »Vielleicht war doch das Buch gemeint ...«

»Lasst es uns probieren!« Goldwing streckte entschlossen ihre Flügel Richtung Baum. Dann drehte sie sich um und nickte den anderen zu. Da stellten auch sie sich an die Linde und taten es Jona und Goldwing nach.

Flora spürte, wie ihre Arme zu kribbeln anfingen und sich dieses Kribbeln über ihren ganzen Körper ausbreitete. Jetzt zauberten die Federländer zum allerersten Mal in ihrem neuen Reich! Flora starrte auf ihre Finger und richtete ihr Denken nur darauf, dass sich ihr größter Wunsch endlich erfüllte. Da sagte Goldwing leise neben ihr: »Für Federland!« Und ohne zu zögern, fielen die anderen ein.

»Für Federland!«

Die Wände warfen ihre Stimmen zurück und das Echo ließ den Zauberspruch im Raum verklingen.

Flora kniff die Augen zusammen und bereitete sich auf einen Knall oder irgendein Ereignis vor. Auf ein Zeichen, dass Federland nun am Leben war. Doch nichts passierte. Als sie vorsichtig blinzelte, bemerkte sie erstaunt ein hauchdünnes goldenes Gespinst, das sich wie ein Netz in Windeseile um den Stamm legte. Es schien zu vibrieren, aber nur ganz schwach.

Die Federländer traten zurück und betrachteten schweigend die geheimnisvolle Erscheinung.

»Ich glaube, mit dem Buch und der Linde sind wir auf dem richtigen Weg, aber es fehlt noch was«, meinte Jona schließlich.

»Und was?«, fragte Flora.

Nordis hüpfte ein Stück nach vorne. »Vielleicht etwas, was es wie die Linde sowohl hier als auch in Athenaria gibt.«

»Die Regenbogenblumen«, schoss Klaro hervor. Alle starrten auf die bunten Gewächse und Hupsi flog sofort los, um auf einer der Blüten zu landen. Als diese dabei gefährlich den Kopf neigte, versuchte Hupsi, sich mit dem Schnabel festzuklammern, und riss dabei ein Stück ab. Schlagartig verdorrte die Blume, wurde immer brauner, bis sie nur noch ein welker Fetzen war. Die übrigen Federländer zuckten vor Schreck zusammen.

»Was machst du denn?«, rief Jona. »Du kannst doch nicht einfach was abreißen. Das hier ist ein magischer Ort, da hat alles eine Bedeutung!«

»Pah!«, machte Hupsi nur und dabei segelte das verdorrte Blatt zu Boden.

»Das konnte Hupsi ja nicht wissen«, nahm Paula ihre Zaubereule in Schutz. Beleidigt flüchtete die sich in den Zierapfelbaum und drehte ihnen den Rücken zu.

»Hupsi hat es nur gut gemeint«, versuchte Flora, die Wogen zu glätten. Streitereien waren jetzt das Letzte, was in dieser Nacht nützlich war.

Klaro schien das alles gar nicht richtig mitzubekommen. Er starrte auf den Boden und murmelte irgendwas vor sich hin. Flora schnappte nur Wortfetzen auf. »Bei Vollmond« ... »Das Goldene Buch« ... Anscheinend ließ er sich Dareias Worte noch einmal durch den Kopf gehen.

»Der Vollmond«, wiederholte Nordis nun leise.

»Wieso ist der eigentlich so wichtig? Nicht nur Dareia, auch die Goldammer hat gesagt, wir sollen auf ihn achten. Aber hier drin sieht man ihn nicht einmal.«

Flora schaute Nordis verwundert an. Das war eine gute Frage.

»Vielleicht sollte man das aber«, meinte sie nachdenklich und blickte sich suchend um. Doch nirgendwo an der Wand war eine Öffnung, Stein reihte sich an Stein. Auch durch die mit Schlingpflanzen bewachsene Decke drang kein einziger Lichtstrahl.

Goldwing wollte sich die Wände genauer ansehen und Securo folgte ihr. Flügelschlagend verharrten sie in der Luft und untersuchten alles Stück für Stück. Plötzlich streckte Goldwing den Kopf vor. Flora wusste sofort, dass sie was entdeckt hatte.

»Da ist eine Feder eingeritzt!«, rief Goldwing und deutete mit dem Flügel auf ein Stück Mauer direkt hinter der Linde.

»Kommt, halten wir wie im Türmchen die Federn von Dareia daran«, beschloss Flora und zog mit zitternden Fingern das Geschenk der Herrscherin aus ihrer Hosentasche.

Dann deutete sie damit auf die Wand, Paula und Jona taten es ihr nach. Die Eulen zeigten mit ihren Flügeln darauf, aber lange konnten sie das einseitig flatternd nicht durchhalten. Doch es dauerte nur ein paar Sekunden, da reckte sich das goldene Gespinst der Linde in die Luft. Als ob es Fühler bekäme, die sich neugierig vortasteten und dabei die Federländer wie ein Netz umschlangen. Flora spürte mit einem Mal eine unbändige Kraft in sich, als wenn sie gleich platzen würde. Oder wenigstens bis zur Decke springen musste.

Genau als sie dachte, sie könnte es vor Freude fast nicht mehr aushalten, brachen plötzlich die Wände auf. Unsichtbare Hände schoben die Schlingpflanzen wie einen Vorhang zur Seite, um den Blick freizugeben auf noch mehr Bäume, Büsche, Moos und Blumen.

Unglaublich! Dieses Paradies war viel größer als die Federländer je gedacht hatten! Zu allen drei Seiten erstreckte es sich in die Tiefe und bei all dem Grün war kein Ende zu sehen. Unermesslich weit kam Flora das alles vor. Wie die anderen konnte sie nichts als dastehen und staunen. Es war einfach fast nicht zu glauben, was sich hier gerade vor ihren Augen abspielte.

Da hörte sie ein Plätschern hinter sich. Als sie sich

umschaute, sah sie glitzerndes Wasser neben dem Kristall aus dem Boden quellen. »Wasser bedeutet Leben«, schossen ihr die Worte ihrer Lehrerin durch den Kopf. So war es! Nun war Federland zum Leben erwacht!

Auf einmal strömten von überall unzählige bunte Schmetterlinge, Libellen und Glühwürmchen herbei und tanzten durch die Luft.

Die Regenbogenblumen schossen in die Höhe und ihre bunten Blütenblätter schimmerten plötzlich noch viel kräftiger, genau wie die lilafarbenen Blüten der Büsche. Alles war mit einem Mal strahlender als je zuvor.

Stolz und immer noch ein bisschen ungläubig, schauten sich die Federländer an. Sie hatten es geschafft! Nun leuchtete Federland tatsächlich wie Athenaria!

»Wir sind wirklich eine starke Gruppe«, stellte Nordis fest und blickte anerkennend in die Runde.

Flora lächelte und dachte, wie unterschiedlich sie alle waren. Die quirlige Hupsi, Paula, die ein bisschen eigen war, die coole Nordis und der wissbegierige Klaro, der beinahe alles aufs Spiel gesetzt hatte. Wie gut, dass sie es zusammen geschafft hatten, ihn gerade noch rechtzeitig zu befreien. Jetzt konnten die großen Aufgaben kommen!

Die Federländer würden beweisen, dass die Herrscherinnen mit ihnen eine gute Wahl getroffen hatten. Gemeinsam würden sie die Zauber für Athenaria erneuern und jede Gefahr abwenden. Flora war bereit für alle Abenteuer. Und ein Blick in die Augen der anderen verriet ihr, dass auch sie es kaum erwarten konnten. Sie spürte ganz genau: Eine aufregende Zeit lag vor ihnen!

Ina Brandt

Eulenzauber

Ein goldenes Geheimnis
978-3-401-60102-1

Rettung für Silberpfote
978-3-401-60103-8

Eine wunderbare Freundschaft
978-3-401-60131-1

Magie im Glitzerwald
978-3-401-60133-5

Rätsel um die Goldfeder
978-3-401-60188-5

Hilfe für das kleine Fohlen
978-3-401-60275-2

Weitere Bände sind erhältlich.

Arena

Alle Bände als Hörbücher
bei Arena audio und
als E-Books erhältlich

Jeder Band:
Gebunden
www.eulenzauber-lesen.de
www.arena-verlag.de

Flora & Goldwing
Jona & Securo